La tentación eres tú

Y otros relatos pecaminosos

Selección editorial

Lo mejor de cinco años del
Concurso Internacional de
Relatos Pecaminosos Contacto Latino

La tentación eres tú y otros relatos pecaminosos
Todos los derechos de edición reservados
©2013-2017, Pukiyari Editores
©2013-2107, de sus respectivos relatos:
Alfredo Ruiz Islas, Noa Xireau, Charlie Becerra, Roberto Migoya, Yovana Martínez Milián, Mariana Rodríguez, Roberto Mansilla, Juan Carlos Esquivel Soto, Marina LS, Joaquín Lanza, Ivanna Ryan, Deborah Luzige, Diego Niño, Gastón Irigaray, José Luis Chaparro González, Andoni Atienza, Ana Cristina Salazar Yuste, Alejandro Dávila Fragoso, Fernanda Rodríguez Briz, Tatiana Ramos Bosch, Jorge Emilio Bosia, Miguel Baquero, Mariano Zurdo, Hermes Torres, Sandra Monteverde, Samuel Chavarria, y Delicia M.
Imagen de portada © 2017, Shutterstock

ISBN-13: 978-1-63065-084-1
ISBN-10: 1-63065-084-6

PUKIYARI EDITORES
www.pukiyari.com

«La mejor manera de librarse de la tentación es sucumbir a ella».

—*Oscar Wilde*

Joaquín Lanza - 2017

Uruguay

Joaquín Lanza nació en Treinta y Tres, Uruguay, en 1966. Está casado y tiene dos hijas de 21 y 19 años.

Es ingeniero civil y trabaja en la industria de la construcción desde hace más de veinte años. Cuando le preguntan a qué se dedica le gusta responder que a tender puentes (a pesar de que hace años no le toca en suerte ninguno).

Como escritor se considera un buen ingeniero.

Participó en talleres de escritura creativa: Claudia Amengual en 2008, Hugo Fontana 2010 a la fecha.

La escritura es para él una terapia. Es por esto que no piensa abandonarla bajo ningún concepto, a pesar de que sus relatos continúen mayoritariamente inéditos. Solo unos pocos han sido premiados en concursos de escasa importancia y publicados en antologías que no lee casi nadie. Algunos ejemplos son: 1er premio del 8vo. Concurso, Casa de la Cultura Intendencia de San José (2010), mención en Concurso Literario de El País Cultural (2010), 3er premio en el Concurso Literario 30 años del Diario Hoy (2011), 1era mención 4to Concurso de Narrativa Italcred, Tu Mundo Crece (2012), 2do premio en la 1era y 3era etapa del Concurso de Cuentos Breves de Radio El Espectador (2013), accésit en 6to Premio Internacional, Patricia Sánchez Cuevas (Madrid 2013).

El "Draft"

El paquete llegó en el peor momento. Un rato antes habíamos tenido una discusión pelotuda, de esas que comienzan con alguna trivialidad y conducen al intercambio de monosílabos por un par de días.

La caja era de cartón marrón, forrada en nylon y cerrada al vacío, y el destinatario era Carolina, mi mujer. Tenía un sobre adherido con el sello del MIDES (Ministerio de Desarrollo Sexual) y la sigla de tres letras resaltaba como un letrero de neón: SSS.

Mi mujer se recostó contra la pared y comenzó a deslizarse suavemente con la caja entre sus manos hasta quedar con la cola sobre el piso, inmóvil. Mutación, ese era su estado.

—¿Estás bien? —le pregunté.

—Sí —respondió sin mirarme.

Abrió el sobre. Mientras leía el documento su cara no mostraba expresión alguna. *Poker face*. Luego lo guardó y se marchó a la cama sin dirigirme la palabra. Así es Carolina: introvertida, ciclotímica, algo dominante.

Hasta ese día, si bien conocíamos acerca de la existencia del Draft, pensábamos lo mismo que la mayoría de la gente: "la probabilidad es mínima" o "es como sacarse la grande" o "hay que ligar muy mal".

Esa noche, mientras Carolina dormía, tomé la carta que había quedado sobre la mesa de luz. Era una citación para el Servicio Sexual Solidario (SSS), comúnmente conocido como "el Draft". En el formulario figuraba fecha y hora del encuentro, número del beneficiario, dirección y otros datos codificados que no supe interpretar. Los encuentros tenían lugar en el domicilio del beneficiario, o, en caso contrario, en alguna dependencia que el ministerio reservaba para este uso.

El que le tocó a Carolina (o, mejor dicho, que nos tocó) vivía en la calle 26 de marzo, en Pocitos, una zona antiguamente residencial, hoy caída en desgracia por la contaminación del río y la proliferación de casas de masajes y karaokes coreanos. El sobre también incluía un instructivo que no pude leer porque Carolina emitió un ronquido y giró bruscamente bajo las sábanas. Me asusté y deposité como pude todos los papeles encima de la mesa.

El resto de la noche no pegué un ojo. Las imágenes eran variadas y daban vueltas en mi cabeza. Carolina sentada en un banquito practicando un *fellatio* por turnos a dos vergas anónimas. Carolina, de minifalda y tacos, penetrada estilo perrito sobre un sofá. A cuál de ellas más perturbadoras.

Decidí informarme. Busqué en la red todo lo que pude sobre el SSS. La ley que lo creó se remonta a 2035, en el mandato de Jessica Pérez (primer presidente trans del Uruguay); cuando mi mujer y yo éramos niños.

En aquellos años los delitos sexuales habían crecido en forma exponencial hasta alcanzar índices históricos propios de países africanos como Somalia o Nigeria. Violaciones descaradas, asalto sexual a ancianas, necrofilia, eran moneda corriente en los informativos. Incluso la zoofilia estaba a la orden del día. Cuando pienso que Rocco, nuestra mascota, un labrador negro, la criatura más amigable y leal del mundo, pudiera ser víctima de tales vejaciones me da escalofríos.

Encontré un artículo del catedrático en derecho penal Dr. Arístides Libonatti que describe con precisión el proceso. Al principio la tendencia de los legisladores fue la de endurecer las normas. Se prohibió la pornografía. Se aumentaron las penas a los delitos sexuales, equiparándolas a las de homicidio. Incluso algún político de triste recuerdo (estirpe de dictadores) propuso la castración quirúrgica como solución para los casos de violación. Pero no funcionó.

Entonces se fueron para el otro extremo. Algún iluminado pensó que, así como en el pasado el narcotráfico había sido eliminado estatizando la distribución de drogas, la solución para este problema podía pasar por brindar sexo en condiciones controladas a los potenciales criminales. Era una apuesta arriesgada, algo novedoso, pero Uruguay históricamente tuvo ejemplos de legislación vanguardista (esto era lo que argumentaban los legisladores de la época).

Como tantas otras leyes, su instrumentación resultó larga y compleja. El decreto reglamentario demoró casi tres años en promulgarse. Interminables discusiones tuvieron lugar en el parlamento. La posición más fuerte resultó la del Movimiento de Liberación Masculina que aportó al debate datos derivados del último censo. Estadísticas sorprendentes como: "el 65% de los hombres mayores de cincuenta años ha empleado al menos en una ocasión algún tipo de violencia física en una relación sexual"; o "el 77% de las mujeres casadas mayores de treinta ha practicado sexo oral sin interés al menos una vez al año y el 29% sexo anal en similares circunstancias".

No pude con mi condición de abogado y descargué el texto completo del decreto para estudiarlo en detalle. No perdía las esperanzas de encontrar alguna artimaña legal que nos librara de la experiencia.

Obvié la introducción y fui directo al capítulo 4: "de los beneficiarios". Los beneficiarios del Servicio Sexual Solidario son personas del sexo masculino, mayores de cincuenta años, que se someten voluntariamente al diagnóstico de los especialistas del ministerio. Estos determinarán el nivel de riesgo de la actividad sexual ilegal y la pertinencia de su incorporación al sistema. Una vez ingresados al mismo serán objeto de controles sanitarios y de los tratamientos que el ministerio determine. En contrapartida recibirán el servicio sexual correspondiente en forma gratuita.

Luego fui al capítulo 7: "de los prestadores". Los prestadores del servicio son mujeres casadas, de entre treinta y cuarenta años. El servicio es obligatorio y no remunerado. Un decreto posterior introdujo beneficios por la vía de deducciones del IRPF a quienes efectivamente lo brindaran (tomé nota para recordarlo).

El capítulo 9 habla "del proceso de selección". La selección es realizada por un *software* de vanguardia que relaciona por un lado la base de datos de los beneficiarios (sus preferencias, fantasías, expectativas) y por otro el perfil psicofísico de las prestadoras. Este *software* fue desarrollado originalmente por el ejército de los Estados Unidos para la selección de sus conscriptos. De ahí que se conozca coloquialmente al SSS como "El Draft".

El capítulo 11 habla sobre la "confidencialidad". Todo este intercambio tiene lugar dentro del más absoluto anonimato. Las penas por violar este acuerdo son severas y van desde doce meses de prisión hasta cinco años de penitenciaría.

Un sol polvoriento de sábado se colaba por los intersticios de la persiana. Eran las siete y Carolina aún dormía, dulce, inerme. Rocco rascaba la puerta del dormitorio y aullaba quejoso. La caja lacrada descansaba inocente contra el placar. No era muy pesada. La sacudí levemente y algo se movió en su interior. Volví a depositarla en su lugar y saqué a Rocco a dar su paseo matinal. El pobre animal, como siempre, me lleva a los tirones hasta el árbol en donde suele descargar su vejiga. Luego el retorno se hace más tranquilo, pausado. Una vez en casa, se abalanza sobre el plato que lleva su nombre y hunde su cabeza en él hasta que no queda ni una esferita crocante de su ración balanceada. Luego bebe de su tacho hasta saciarse.

Durante el desayuno traté de entablar un primer contacto con Carolina.

—¿Qué es ese paquete que recibiste ayer? —pregunté mientras leía las noticias.

—Ufa, Lalo, no te hagas el boludo —respondió.

La sutileza nunca fue una de sus características.

—Estoy preocupado.

—Es algo que tengo que hacer yo. Tranquilo.

Por unos minutos ella revolvió el café con la vista clavada en el mantel. Yo masticaba una tostada, amortiguando los ruidos para no molestarla. Entonces habló de nuevo:

—Perdoná, pero estoy un poco alterada. Lo último que necesito es que me la compliques más con tus neurosis, por favor.

Así es Carolina: malhumorada, directa, algo dominante.

Tomó el último sorbo del café y se metió en el baño con la caja. Estuvo casi una hora dentro, con la puerta trancada. Al principio solo se escuchaba el ruido de la lluvia. Luego cesó. Acerqué mi oreja a la puerta y pude percibir el suave roce de la toalla contra la piel, la apertura de la caja (el inconfundible ruido de la cinta adhesiva al despegarse del cartón) y finalmente tacones sobre el piso de cerámica.

El intercambio de monosílabos continuó durante la ida al supermercado y la breve visita al *mall*. Almorzamos en Danny´s Salad Bar. Era un local acogedor, decorado con muebles antiguos y fotos *vintage* de Montevideo en los años ochenta: el Estadio Centenario viejo, que fue demolido hasta sus cimientos y reconstruido para el mundial del 2030; la Plaza Independencia en tiempos en los que todavía estaba la estatua ecuestre de Artigas y no la actual, la de José "Pepe" Mujica y su perra Manuela.

Me llamó la atención una postal en blanco y negro de la rambla, el parque de diversiones y las canteras al fondo. Sin dudas había sido tomada en una tarde de sol, probablemente un fin de semana, por la cantidad de paseantes. Me dio por pensar que ni mi mujer ni yo teníamos recuerdos de ese paseo fantástico, hoy fagocitado por el mega-puerto y bañado por aguas grises, ricas en metales pesados. En eso pensaba cuando ella anunció:

—Es hoy a las siete.

No se me ocurría qué decir.

—¿Qué cosa? —pregunté tratando de quitarle trascendencia al tema.

—Por favor Lalo, voy a terminar pensando que sos boludo en serio.

Sonrió, pero no fue una sonrisa sarcástica sino más bien piadosa. Como diciendo "mi amor, ya sé que estás preocupado, que te mortifica que alguien se coja a tu mujer y de verdad lo aprecio, pero sos muy malo disimulando".

Me imagino lo que están pensando: que es difícil que una sonrisa diga tantas cosas. Y tienen razón, pero eso al menos es lo que yo quería que dijera. Cualquiera de las alternativas habría resultado muy ofensiva.

A las seis en punto el *remise* se anunció. Nos esperaba abajo. Había decidido no llevar nuestro coche porque Pocitos era un barrio peligroso. Yo daba vueltas en el *living* mientras Carolina seguía encerrada en el baño. En ese momento no comprendía el porqué de tanto apronte. El remisero llamó por segunda vez justo cuando ella apareció. Llevaba puesta la gabardina Burberrys que se había comprado en Londres el año anterior. Su *look* se completaba con unas botas negras de taco alto (que nunca antes le vi), guantes de cuero y lentes de sol (aunque ya había oscurecido). La cartera colgaba de su hombro y en sus brazos estaba la caja.

—¿Y esas botas?

—Parte del *kit* —respondió y sacudió brevemente la caja.

—¿Después hay que devolverlo? —pregunté sin calibrar el momento.

Por su cara comprendí que el comentario no fue afortunado.

El viaje llevó casi media hora porque el remisero sugirió tomar la ruta expresa, un viaducto elevado sobre la parte antigua de la ciudad y sobre el puerto. De lo contrario hubiéramos demorado el doble. Viajamos como flotando sobre un mar de contenedores e instalaciones portuarias. Pudimos apreciar una puesta de sol increíble entre un cielo azafranado y un río gris verdoso.

El *remise* nos dejó en la puerta de un edificio vetusto. En la planta baja había una especie de mercadito de comida asiática, carteles con jeroglíficos indescifrables, bolsas de semillas desconocidas y un par de reses en miniatura colgadas de un gancho. Imaginé que se trataría de perros. El olor era penetrante, invasivo.

Me paré frente a la cámara y apreté el botón correspondiente. En la pantalla apareció un hombre mayor, bien conservado. No me pregunten por qué, pero me sentí aliviado de que no fuera asiático.

—Por favor pasen. Es en el octavo piso. El ascensor no funciona hace años —dijo con corrección.

Subimos por la escalera. La iluminación era pobre y la ventilación escasa. Nuestra escalada fue un viaje en olores, desde el sudeste asiático al estrecho de Bering. También se oían voces en idiomas extraños, discusiones, risas.

Carolina iba al frente y yo la seguía con la caja en mis brazos y la vista clavada en sus caderas ceñidas por el cinturón del impermeable.

—Apurate —me dijo—. Quiero terminar con esto lo antes posible.

Así es Carolina: valiente, decidida, algo dominante.

Cuando llegamos al octavo piso, nuestro anfitrión, un hombre mayor, de unos setenta años, nos esperaba en el umbral de la puerta. Estaba vestido con una *robe de chambre* amarilla, un pañuelo de seda al cuello y pantuflas. No podía quitar sus ojos de Carolina.

—Por favor pasen, están en su casa —dijo con una sonrisa amplia.

En su interior el apartamento era impresionante, algo así como un museo; muebles clásicos, pinturas al óleo, espadas antiguas.

Pero lo que más llamaba la atención era la biblioteca que ocupaba dos paredes enteras de piso a techo. Desde que se dejaron de publicar en papel, hace ya varias décadas, los libros se transformaron en objetos suntuarios más que en un soporte físico para la literatura. Hoy solo se consiguen en casas de decoración o anticuarios, por lo general a un precio exorbitante. Me bastaron unos segundos para concluir que el tipo tenía una fortuna en esos estantes.

—Tomen asiento, por favor —dijo señalando un sofá de tres cuerpos.

—¿Les puedo invitar con un té? —preguntó sin perder la sonrisa. Un hilo de baba cayó por la comisura de su boca.

Carolina estaba como en un trance. No respondía a los estímulos externos. Así que tuve que aceptar por ambos. Cuando nuestro anfitrión fue a la cocina, ella sacó de su bolsillo una caja de Diazepam y se tragó una pastilla en seco, que no debía ser la primera del día. Yo aproveché la oportunidad para revisar la biblioteca. Los libros estaban ordenados con un criterio propio de las antiguas librerías: "internacional", "latinoamericanos", "uruguayos". Me concentré en esta última categoría y pude reconocer muchos autores clásicos, de esos que se enseñan en el liceo: Onetti, Espínola, Morosoli, Banchero, Fontana.

—¿Le gustan los libros? —me preguntó el viejo, que regresaba con una bandeja en sus manos.

—Mucho, aunque no tanto como a usted, por lo que veo.

El viejo dejó la bandeja sobre la mesa ratona y se acercó a la biblioteca. Sacó un volumen de tapas blandas de color rojo.

—Este es uno de los ejemplares más valiosos que tengo. Se trata de una rareza, un ejemplo de la literatura kitsch y funcional del siglo veinte. En vida su autor gozó de gran popularidad, pero hoy está olvidado por completo. Merecidamente olvidado.

Me pasó el libro con delicadeza como si se tratara de un jarrón chino. En la tapa se leía: Montevideanos, Mario Benedetti, Editorial Arca.

En ese momento Carolina carraspeó y el viejo volvió a tierra.

—Discúlpeme, pero tenemos que ir a lo nuestro. Usted disfrute del té y de la biblioteca —dijo y se quitó la *robe de chambre*.

Quedó completamente desnudo a excepción del pañuelo.

Carolina continuaba recostada en el sofá; párpados caídos; consciente pero relajada al extremo. El viejo le tendió la mano y la ayudó a ponerse de pie y luego a quitarse la gabardina. Entonces pude ver esa especie de vestidito de cuero, corto y ajustado, que debía formar parte del *kit*.

El viejo abrió la caja y se puso a hurgar dentro con la excitación de un niño en un seis de enero. Parecía como si estuviera realizando un inventario. Primero sacó un collar de cuero (con su correspondiente correa), que de inmediato se ajustó al cuello. Luego fue el turno de una verga *strap-on* de dimensiones considerables y por último un látigo de cuero que hizo chasquear en el aire.

—Perfecto —dijo.

Entregó la correa y el látigo a Carolina y se puso en cuatro patas. A los tirones, tal como hace Rocco en su paseo matinal, llevó a Carolina hasta la habitación en la que se desarrollaría todo.

Como había hecho antes en casa, otra vez acerqué mi oreja a una puerta. Al principio solo se oían los esporádicos chasquidos del látigo y la voz susurrante del viejo guiando el juego, pero luego la cosa se puso más intensa. Los latigazos eran fuertes de veras y el viejo comenzó a gritar como un desesperado, mezcla de dolor y éxtasis. En esa vorágine de pasión y desenfreno me pareció distinguir esos suspiros contenidos de Carolina que en forma inequívoca anticipan el orgasmo. En menos de veinte minutos todo había culminado.

El viejo se cubrió con la bata que quedó manchada de sangre a la altura de la espalda y de los glúteos. Se lo notaba agitado pero feliz.

La semana siguiente al encuentro, Carolina hizo uso de la licencia paga que otorga la ley a los prestadores del Draft. Me abstuve de preguntarle detalle alguno y ella tampoco intentó hablar del asunto. Todo fluyó como de costumbre hasta el viernes por la tarde, al regreso del trabajo.

La escena era esta:

En la casa reina un silencio absoluto. El perro está encerrado en la terraza. En el centro del *living*, sobre el piso, resalta el plato de Rocco. No contiene bolitas crocantes de alimento balanceado sino duraznos en almíbar. Mi fruta preferida. El collar no está en el cuello de Rocco sino que cuelga del respaldo de una silla junto con la correa.

—Carolina —grito.

Nadie responde. Me quedo unos minutos parado. Observo el conjunto desplegado frente a mí: plato, collar, correa, duraznos. Finalmente comprendo que habla por sí mismo, que demanda a gritos la posición en cuatro patas. Así que me arranco la ropa, me ajusto el collar y me echo al piso. Camino brevemente sobre el *parquet*. Mis bolas laten y mi miembro es víctima de una erección descomunal. Me froto contra los muebles, olfateo la alfombra, aspiro el polvo de los rincones. Finalmente hundo mi cara en el plato. Aplasto la fruta con los pómulos, con la nariz. Engullo hasta saciarme. Es entonces que escucho el pestillo de la puerta del dormitorio y el ruido de tacones sobre el piso de madera.

Así es Carolina: sádica, pervertida, algo dominante.

Roberto Mansilla - 2017

Estados Unidos

Nací en Lima, Perú, en 1969. Vivo desde los 18 años en los Estados Unidos. Trabajo con personas con discapacidades mentales y dicto clases privadas de español.

Tengo en mi haber una mención de honor en el Concurso de Narrativa Poetas y Narradores del ICP de Miami con mi cuento "Viaje Astral" (género fantástico) el cual fue publicado en el 2009 en el libro anual del mismo instituto.

En el 2010 publiqué mi primera novela "Voluntario", bajo el sello La Casa de Cartón, que fue presentada en la Feria Internacional del Libro de Lima 2010, y en Providence, Rhode Island. En el 2011 obtuve el tercer lugar en el Concurso del Instituto de Cultura Peruana de Miami con mi cuento "La Luz" (género fantástico) que fue publicado en su libro anual. En el 2012 obtuve el primer lugar en el Concurso Nacional de Cuento Felizh (Huancayo) con mi cuento "La Casona" (género fantástico).

El 2013 publiqué el libro de cuentos "Del Pacífico al Atlántico. Cuentos desde la otra Orilla", con el escritor peruano residente en Virginia, Alfredo Del Arroyo Soriano. El libro fue presentado en la FIL-Lima 2013 y en el Consulado General del Perú en Washington D.C.

El 2015 quedé finalista en el Concurso Internacional de Relatos Pecaminosos Contacto Latino, con mi cuento "La Lengua de Barrabás", y fue publicado en el libro "El placer de las curvas y otros relatos pecaminosos" (Pukiyari Editores).

La escritora

El taxi se detiene frente a una casa y una mujer sale y camina apurada hasta la puerta. El timbre se escucha a lo lejos. Otra mujer, en bata, abre y la invita a entrar. Se saludan con un beso en la mejilla, atraviesan la sala y se dirigen hacia el estudio. Atrás ha quedado la luminosidad del día. Todas las ventanas están cerradas y las cortinas corridas.

—Amiga, me tienes intrigada —dice la mujer que acaba de llegar—. ¿Qué es eso tan importante que tienes que contarme?

El ambiente es denso y el lugar está saturado de libros en estantes y sillas. Una enorme y vieja araña de cristal cuelga del techo. La mujer se ha sentado en el sillón frente a su escritorio. Prende un cigarrillo, estira la mano y bebe un trago de vodka.

—Ayer me pasó algo terrible. Algo que nunca pensé que podía pasarme. Ni que fuese yo capaz de hacer —finalmente contesta.

—Ay, amiga, no me asustes. ¡Qué puede ser tan terrible después de lo que ya te ha pasado en estos últimos años!

La dueña de casa es madura y atractiva. Esposa de un hombre de negocios muy conocido en la ciudad. Tuvieron dos hijos varones, que dejaron el hogar familiar apenas cumplieron la mayoría de edad. La pareja, aún joven, y ya solos, se dejaba ver en lugares públicos, muy felices y enamorados.

—Lo que voy a contarte es algo muy delicado y quedará entre nosotras, por favor —dice, se pone de pie y se sirve otra copa de vodka.

—¿Quieres un trago? —le pregunta a la amiga, que la mira callada desde su silla.

—No, gracias. Es muy temprano para mí.

—¿Una gaseosa?

—Agua, solo agua. Pero dime, dime de una vez qué pasó, que me tienes muy nerviosa.

La mujer da vueltas en círculos por el estudio, aspira profundo su cigarrillo y suelta una bocanada de humo al aire. De un sorbo, seca la copa de vodka, y de súbito se detiene frente a un cuadro que cuelga de la pared, dándole la espalda a la amiga.

—Ayer, creo que maté a un hombre. Aún no estoy segura —dice de porrazo.

—¿Qué dices? —grita la amiga, se atora, tose.

La dueña de casa camina hasta el bar del estudio, abre el frío bar y saca una botella de agua.

—Por favor, tienes que ayudarme. Tú eres mi única amiga.

Solo unos años atrás, la vida matrimonial de aquella mujer transcurría perfecta. Él, metido en sus negocios, y ella, dueña de todo su tiempo, solo se dedicaba a escribir. Al esposo no le interesaba la literatura y nunca leyó ninguno de sus escritos. Para él solo era un simple pasatiempo de su mujer. Todo iba muy bien, hasta el día que ella decidió publicar. El marido la apoyó sin saber siquiera de qué trataba su novela. Mandaron el manuscrito a editoriales locales y muy pronto una se interesó por publicarlo. La bella mujer del empresario más popular de la ciudad había lanzado su primer libro y todos querían leerlo. Al esposo poco le duró el orgullo. La novela, que estaba muy bien escrita, tenía un alto contenido sexual, con amantes clandestinos y encuentros a escondidas, y el personaje principal, una mujer madura, atractiva y muy apasionada, se asemejaba tanto a su autora, que nadie dudó en relacionarlas. El marido, al escuchar los comentarios y los susurros a sus espaldas, el cuchicheo en las esquinas, el desaire de las vecinas, y las miradas carnívoras de los hombres hacia su mujer, decidió por fin leer la novela. Y, al terminarla, quedó destrozado. Ellos nunca habían vivido una relación íntima tan desbordada, tan apasionada y hasta morbosa, que no podía creer que su esposa, la madre de sus hijos, la mujer abnegada, hubiese sido capaz de escribir tanto pecado. Y entonces empezaron las peleas y los interrogatorios. Ella decía que todo era únicamente producto de su imaginación. Ficción pura. Y él argumentaba que, en el mejor de los casos, si esas aventuras sexuales estaban solo en su cabeza, como ella decía, era claro que sí ansiaba vivirlas, y por eso fue capaz de imaginarlas y de escribirlas de manera tan real. El hombre no aguantó la burla de la gente, ni las dudas cada vez más latentes y se marchó de la casa.

—Cuéntame, por favor, no me tengas en ascuas. ¿Cómo es eso de que crees que mataste a un hombre? —dice la amiga, después de darle un sorbo a su botella de agua.

—Ayer, tarde por la noche —empezó a narrar la escritora—, ya estaba en mi habitación, acostada en mi cama, tratando de dormir, cuando escuché un ruido en el primer piso. Me puse de pie y cogí el bate que tengo junto a mi cama, y caminé despacio hasta las escaleras. Bajé con sigilo, y ya en el pasillo, a oscuras, vi una de las ventanas abiertas. Me puse muy nerviosa. Seguí avanzando y de pronto sentí un brazo en mi cuello, pero con un movimiento ágil logré zafarme, y sin pensarlo le di un batazo en la cabeza. Era un ladrón o un violador, pensé en ese momento. El hombre trastabilló y cayó por las escaleras que van al sótano. Bajé y estaba desmayado o muerto, no lo sé. Pero por si acaso fui por una cinta de embalaje y lo amarré. El miedo me paralizó.

—Estás segura de todo lo que me cuentas. ¿No será la trama de alguna novela que estás escribiendo? —dice la mujer, incrédula.

Y la amiga tenía sus razones para dudar de la salud mental de la escritora. Ya que, después de la separación del marido, y de la fama que tuvo de mujer fatal, por las novelas que ya había publicado, se aislaba, y no se hablaba con nadie del barrio ni tenía amistades.

—¡Claro que estoy segura! ¿Me crees loca o qué?

—Disculpa, amiga, no quise decir eso. Ahora sí que me dio miedo, te lo juro. Te acepto el trago de vodka, y que sea doble. Sigue contándome, por favor.

La escritora pone la botella sobre el escritorio y sirve las copas.

—Como te decía, lo envolví con la cinta y me quedé observándolo. Tenía miedo de haberlo matado y no llamé a la policía. Y decidí esperar.

Ahora ambas parecen asustadas y beben sin parar. Conversan. Por momentos callan y se miran las caras.

Y sí, en efecto, un hombre entró a su casa por la noche, aquel veinteañero de ojos verdes que tanto la inquietaba, hijo de la vecina, y que todas las tardes la esperaba, parado en la esquina, solo para observarla caminar. Y sí, lo había dejado inconsciente, de un batazo en la cabeza, pero no cayó al sótano, sino que quedó a su merced, tendido sobre la sala. Y tampoco dijo, por vergüenza o por pudor, que antes de envolverlo con cinta, como a una momia, lo había desnudado, dejando al descubierto solo el falo del desmayado. Nunca le diría a la amiga, ni a nadie, que lo observó por largo rato, y que un deseo más fuerte que ella se apoderó de su entrepierna de mujer abandonada, y que luego, para cerciorarse de que aún respiraba, no le puso el oído en el pecho, como es lo habitual, sino que introdujo el miembro del chico en su boca, y, con más excitación que alivio, unos segundos después, comprobó que el muchacho aún tenía mucha vida por vivir. Ya no había vuelta atrás, ya el mal estaba hecho y solo quedaba continuar hasta el final, pensó ella, y entonces dejó caer la bata al piso y se subió sobre él. Completamente desnuda, posó su mano derecha sobre el pecho del hombre y con la izquierda cogió el miembro erecto, y poco a poco fue sintiendo el calor de la penetración, abriéndose paso hacia el fondo de sus entrañas. Excitada, y cuando pudo sentarse, cuando ya no había espacio alguno, ni una rendija, entre la pelvis de él y las nalgas de ella, puso sus dos manos sobre su pecho y empezó a cabalgarlo, con diferentes ritmos y distintas inclinaciones, y así, lento, fue sintiendo la respuesta placentera y feliz de su cuerpo. Pero quería continuar y se puso de pie, dio media vuelta, bajó y se acomodó de nuevo sobre él, y, esta vez, sujetó con sus manos sus canillas, y repitió la cabalgata por largo rato, extasiada, hasta que el muchacho no pudo más y sucumbió ante la salvaje arremetida. Ella enfureció. Ella quería más. Le sacó la cinta de la cabeza con brusquedad, y antes de que su víctima pudiera decir algo, antes de que pudiera suplicar perdón o agradecer por el castigo, se sentó sobre su cara, lo sujetó del pelo y lo cabalgó sin piedad. La lengua del muchacho libró una ardua y digna pelea, pero fue doblegada en pocos minutos. Entonces la nariz tuvo que tomar la posta y así continuó la batalla, húmeda, sofocante. Ella se movía con un ritmo pausado que por momentos se tornaba frenético, la cabeza hacia atrás, los ojos cerrados, yendo de la lengua a la nariz y de la nariz a la lengua, y, por ratos, se dejaba caer sentada, con todo su peso sobre la cara de él, y al ver sus desesperados temblores corporales y gemidos, lo liberaba de la presión de sus nalgas para dejarlo respirar.

Nada de esto le contaría a su amiga. Ni tampoco le diría que continuó atormentando toda la noche al muchacho, con su lujuria, entre tragos de vodka y cabalgatas, en su falo y en su cara, llegando a experimentar un placer tan intenso y diferente, como nunca fue capaz de imaginar ni de escribir, ni siquiera en la más ardiente de sus novelas. Ni mucho menos le diría que, ya borracha y eufórica, aún envuelto en su mortaja hasta la boca, trató de bajarlo al sótano para que los vecinos no escucharan sus gemidos. Pero no pudo con su peso, y el pobre rodó por las escaleras. No se atrevió a bajar. Temía que estuviese muerto, y por eso la llamó para que venga a ayudarla.

—Tenemos que enfrentarlo, amiga. Debemos bajar a ver al hombre. Y saber si está en verdad muerto. Vamos juntas.

La escritora asiente con la cabeza, le da un sorbo a su copa y se pone de pie.

—Dame la mano —dice la otra, y ambas se dirigen hacia las escaleras que llevan al sótano.

Se tambalean, están borrachas y asustadas. Abren la puerta y encienden el interruptor de la luz.

—¡No está! No hay nadie —dice la amiga.

—Bajemos.

Las mujeres van muy lento, como queriendo evitar el crujido de los escalones de madera. Y, al llegar abajo, viran la mirada hacia la izquierda y allí está el muchacho, sobre una alfombra vieja, envuelto con cinta como una momia. Solo se ve su pelvis alborotada y sus ojos verdes, expectantes, muy abiertos, de susto o de excitación.

—¡Está vivo! —dice asombrada la escritora.

—Sí. Muy vivo —añade la amiga, sonriendo maliciosa, con la mirada clavada en el miembro enarbolado del muchacho.

Ivanna Ryan - 2017

Uruguay

Ivanna Ryan nació en Montevideo - Uruguay en 1978 y estudió en la Facultad de Ciencias. Actualmente vive en la Ciudad de la Costa, el departamento de Canelones, Uruguay.

Desde adolescente empezó con su amor por las letras, escribiendo alguna historia o algunos poemas sueltos. En los estudios se dedicó a una parte más científica, comenzando una carrera en Ciencias Biológicas.

Finalmente, después de años de postergar su hobby juvenil, decidió comenzar la experiencia de escribir relatos y poemas apoyada por sus amistades y familiares.

En el 2014 publicó una antología de relatos románticos titulada "Hojas sueltas", también en el 2014, publicó "Crónicas de un amor anunciado" que es la continuación de uno de los relatos en dicha antología.

A principios del 2015, lanzó "Al final del arcoíris", su primera novela romántica, "A flor de piel" es su segunda parte. A finales del mismo año, participó en dos antologías solidarias. Una, "Un relato por Pausoka", con un relato llamado "Apuesta al amor"; y la segunda "54 corazones tras la esperanza", con un relato llamado "La reina del baile".

En marzo de 2016, salió a la luz su última novela, "Me faltabas tú". Actualmente se encuentra escribiendo la historia de Ana Rosa, personaje secundario de la última novela.

Para contactarse con la autora:

E-mail: ivanna.ryan24@gmail.com

Facebook: Ivanna Ryan Escritora

Un café con ropa

Había una vez… no, no. Así no puedo empezar a contarte nada, porque creerías que esto es un cuento de hadas, y créeme, nada más lejos de eso. Ni siquiera sabría por dónde empezar, vas a decir que estoy loca. Y sí, algo de locura brota de mi piel cada día, pero es una estrategia para no morir de realidad. En fin, aquí está mi historia.

Me llamo Ernestina Machado de Almeida. Sí, soy de esas familias que se nombran con más de un apellido. Mi padre es uno de los empresarios más importantes de la región y mi madre una famosa neurocirujana del país. Fue la primera mujer en obtener esa profesión, es toda una figura en mi familia. Las presiones familiares no me fueron ajenas, así que terminé por el mismo camino que ella, estudiando medicina. No fue hasta el segundo año de universidad que me di cuenta de que eso me gustaba, amo esa carrera y en pocos años pienso recibirme de neonatología. Toda mi adolescencia fui catalogada como la *nerd* que se pasaba las tardes comiéndose los libros en vez de disfrutar con sus amigos. En parte tenían razón, hay muchas cosas que me quedaron por hacer en mis mejores años, y que ahora ya sería inadecuado. Al menos eso es lo que dicen mis padres.

En el primer año de facultad conocí a la mayoría de mis actuales amigos. Entre ellas están mis amigas del alma, Carla y Agustina. En ese grupo estaba Martín Anchorena. Era un chico muy apuesto y simpático que extrañamente se fijó en mí, la chica rellenita, de rulos desordenados y grandes lentes que no hacía más que estudiar. Con él tuve mi primer beso de amor y mi primera noche de pasión. Era divertido y fachero, no había quien lo pudiera ignorar. Mi vida parecía de fantasía, por cinco años fue así. La alta sociedad tenía ciertos códigos que seguir y yo no podía ser ajena a ellos. Tuve que aprender a maquillarme y vestirme correctamente para cada ocasión, y todavía parecer casual.

Sentía una enorme necesidad de hacer locuras, quería transgredir las reglas, así que lo hice. El ocho de diciembre del año pasado invité a cenar a un lugar super íntimo a mi querido Martín y le propuse matrimonio. Así como se hace en las películas románticas, de rodillas y con anillo, pero solo que esta vez la que estaba de rodillas era yo. La cara de Martín fue un verdadero horror. No podría describir cómo me sentí cuando él me rechazó y sin ningún miramiento me dijo que no quería tener hijos y que tenía pensado hacerse una vasectomía. Aseguró que me amaba, pero no quería formar una familia. Dijo más cosas intentando explicarme algo que yo ya no podía escuchar. Mi vida sufrió un abrupto giro ese día, cuando me di cuenta de que había perdido cinco años de mi vida con un hombre que no conocía.

Fue algo duro, pero la vida debió seguir su curso.

—Nena, ¿estás pronta? —Carla está en la puerta con las valijas. Terminamos los finales del semestre y para relajarnos nos vamos dos semanas a disfrutar del norte brasilero: Natal, Pipa y Jericocoara. Las tres en busca de aventura.

—¡Un minuto Carlita!

—¡Que se apronten los morenos, porque este viaje será inolvidable! —asegura Agus desde el auto una vez que cargamos todo.

—¡Qué morenos ni qué morenos! A mí dame playa, sol y caipiriñas, nada más. No quiero saber nada con el sexo masculino, al menos por dos semanas. —afirmo mientras mis amigas se matan de risa.

El embarque fue normal, pero el vuelo fue una locura. Un equipo de rugbiers locales nos acompañó e hizo de ese vuelo, algo inolvidable.

—¡Ahora sí vas a vivir una aventura de verdad! —corea Agustina muerta de risa, observando mi cara de agobio.

***

El hotel que teníamos en Natal era de lujo. Enorme, muy prolijo y casi sobre la playa. No vimos mucho más, solo dejamos las cosas en nuestra habitación y salimos corriendo. El agua cristalina y calentita aflojaba tu cuerpo de una forma increíble. La arena blanca apenas quemaba tus pies y la música sonaba en los pequeños paradores de la playa que se dedicaban a vender cocos, caipiriñas de colores y muchos choclos. No había forma de que alguno de tus problemas pudiera pasar la frontera. Este lugar era el paraíso y así se hacía sentir.

A la noche ese paraíso en la tierra se convertía en un infierno de ritmos y sensaciones. Había fiestas y boliches para donde miraras, gente pululaba por las calles, en parejas, solos, en ropa interior o disfrazados. La avenida desbordaba de alegría, baile y alcohol.

—¿Para dónde vamos? —consultó Carla, sin poder decidir. No era la única.

—¿Qué dicen? —pregunté asombrada del movimiento del lugar.

Las dos seguimos a Agustina, que se metió entre el borbollón de gente y tambores. Comenzamos a bailar en medio de la calle y la bebida nos caía como lluvia. Tomamos y bailamos con la gente del lugar hasta parecer uno de ellos. Terminamos mezcladas con un montón de morenos moviendo las caderas como si supiéramos sambar de verdad. Gran parte del equipo de rugby estaba allí, siguiéndole la huella a Carla, nuestra morenaza que los dejó muertos en el avión.

El baile en la calle parecía no tener fin, pero de pronto terminamos con buena compañía en un boliche cercano. Ángeles y demonios, como se llamaba el pub, tenía una vibra especial. La música electrónica y el aroma a vainilla y alcohol te erizaban la piel. Con la tenue luz del lugar apenas pude reaccionar cuando mi rubio hermoso me alzó sobre su cintura y metió su lengua en mi boca sin ningún permiso.

Jamás en mi vida besé a alguien con el que al menos no hubiera tenido cinco citas, pero por un extraño momento, ese beso me excitó. Tomé su lengua entre mis labios y jugué con ella como nunca hice en mi vida. Agarré con fuerza su cabello y lo besé con desesperación. Sentía sus manos masajear mi culo y apretarlo contra su cadera. Su miembro se volvió rígido, claramente distinguible por debajo de su pantalón. Comenzó a moverse conmigo a cuestas sin dejar de besarme. Mordió mi cuello y saboreó mi piel hasta que cruzamos una gruesa cortina que nos transportó a otro salón. Era el infierno. Un lugar oscuro donde el calor y el deseo se palpaban.

Hacia los costados se encontraban varios sillones donde había parejas, de a dos, de a tres, tocándose y besándose con total libertad. Todos estaban en el mismo lugar, pero parecían no verse. En el medio del salón había tres camas redondas enormes. Estaban muy poco iluminadas, pero pude ver a Agustina en una de ellas con alguien entre sus muslos.

—¿Quieres ir? —preguntó el rubio mordiendo el lóbulo de mi oreja.

Era como ver una película porno, pero de cerca. Me sentía embriagada, presa de un deseo primitivo que no podía controlar. Asentí con mi cabeza y se movió con lentitud hacia ellos. No podía dejar de mirar a Agustina y la forma que el formidable moreno estaba comiendo su sexo. Debería aparecer el pudor, la vergüenza, o algún otro tonto sentimiento que me indicara que observarla gozar estaba mal, pero no. La forma en la que mi sexo palpitaba al verla retorcerse de placer me indicaba lo contrario. Mi piel hervía, sudaba sexo y deseo por cada poro, y Máximo, mi corpulento acompañante, lo notó. Logró desprender los botones de mi camisola, solo con su boca. Podía sentir el roce de sus labios a través de la tela y eso me volvía loca. Sentí como propio el placer de Agustina. Sus gemidos inundaron el lugar y sus movimientos fueron míos cuando su chico le brindó un orgasmo con sus propios labios.

¡Ay Dios!, pensé vislumbrando lo que iba a vivir.

No pude contener los movimientos de mi vientre cuando sentí la lengua de Máximo viajar por mis piernas. Mi cuerpo se estremeció sin control cuando su boca tocó mi sexo y comenzó a moverse sobre los pliegues de mi centro. Lo sentía gozar y sonreír mientras mi piel hervía. No podía dejar de escuchar a Agus a mi lado gimiendo y pidiendo más a su moreno, que sin dudar obedecía. Mi primer orgasmo llegó justo cuando la levantó sobre sus caderas y la colocó en cuatro, para poseerla por detrás. El colchón se hundía y sacudía, acorde a sus movimientos. Y eso me volvía loca. El salón se inundó poco a poco de suspiros y gemidos, y dentro del trance me pareció que Carla estaba allí también.

Dos dedos de mi chico en mi interior hicieron que me retorciera de placer. Estaba tan excitada en ese momento, que no vi mal que mi mejor amiga pusiera mi pezón en sus labios y jugara conmigo mientras su chico la penetraba por detrás. El deseo, el sexo y la lujuria poseyeron mi cuerpo de forma inentendible.

Mis prejuicios, las presiones y todas las malas experiencias se esfumaron al instante. Me entregué por completo mientras Máximo intentaba penetrarme y Agustina rozaba mi sexo al ritmo de las estocadas de su moreno, que repercutían en mi piel. No sé cuánto tiempo pasó, pero mi cuerpo reaccionó expulsando todo ese deseo contenido en un orgasmo violento y sonoro que no hizo más que volverme loca.

En ese momento los demás desaparecieron y pude conectar con los ojos de mi chico que se veía extasiado de verme satisfecha. Contrariamente a lo que hubiera imaginado, toda esa liberación de energía no logró dejarme agotada, por el contrario. Mi corpulento rubio solía tener sus cabellos atados con una gomita, que no pude evitar tomar y traer su boca hacia la mía de forma inmediata. Lo besé de forma voraz y agresiva, con la violencia del orgasmo que me provocó. Sentía su miembro moverse dentro de mi cuerpo, mi centro palpitaba y se volvía a encender con cada una de sus estocadas. Max abrió mis piernas con las suyas propias y en un segundo me tuvo de espaldas, en cuatro apoyos. Tomó mis pezones entre sus dedos y los apretó suavemente, mientras volvía a colocar su miembro dentro de mí. Besó mi cuello y mis hombros mientras acariciaba mi piel. Abrí los ojos y vi a Agustina montada sobre su moreno, disfrutando como loca. Apoyé suavemente mis dedos sobre su centro, mientras su chico hacía de las suyas y la vi con mis propios ojos vibrar de placer mientras seguía cabalgando sobre él. Máximo comenzó a jugar con mi clítoris con una de sus manos, mientras continuaba moviéndose dentro de mí, y yo, sin saber lo que pasaba, volví a temblar en sus brazos como una hierba al viento. Ni siquiera sabía que podía acabar tantas veces en poco tiempo. El rubio se afirmó sobre mis caderas y en pocos movimientos sentí que liberaba todo su deseo dentro de mí. Cayó extasiado a mi lado, de una forma tan natural que me sorprendí. Ni siquiera me percaté que Agustina y su moreno ya no estaban a nuestro lado.

—¡Wow! —logró decir luego de recuperar el aliento. Me observaba risueño, con ojos contentos y los labios bien rojos, signo de nuestra pasión. Yo aún me encontraba en cuatro apoyos, por encima de él, esperando no sé qué. La escena me causó gracia y comencé a reír con una risa nerviosa. Yo apenas conocía al flaco y tuve con él el mejor sexo de mi vida—. Ven aquí —dijo tomando mis manos y llevándome hacia su pecho—. ¿Te hice daño? —preguntó mirándome a los ojos, con cierta preocupación.

—No… para nada… —contesté con naturalidad. Todavía tenía el cuerpo muy caliente, pero estaba segura de que esto no dejaría más que los dolores normales de una sesión de sexo super intensa. Se acercó hasta mí y besó mis labios con tanta suavidad que me sorprendió—. ¿Te conozco?

—No lo creo —contestó con una sonrisa —, pero vine todo el viaje en avión mirándote, esperando que el suertudo teléfono que tuvo tus ojos más de seis horas seguidas se quedara sin batería.

Su respuesta me causó gracia y largué una sonora carcajada.

La fiesta en el salón seguía, pero nosotros ya estábamos en otra.

—¿Vamos por un café?

—¿Café? ¿ya?

No tenía idea cuánto tiempo habíamos estado allí adentro, pero cuando me mostró su reloj, pude ver que era la hora exacta para un rico desayuno.

—Ok. Tenes razón. Vayamos por ese rico café —respondí decidida a conocer ese rubio de labios rojos que me regaló tanta pasión. Me levanté de la cama redonda solo para verlo sonreír de oreja a oreja—. ¿Qué? —pregunté con aire desenfadado.

—A mí me encantaría que vayas así… —dijo Máximo levantándose y dejando un beso en mi cuello, mientras yo seguía sin entender —, pero prefiero que el café sea con ropa.

Auch. Tiene razón, estoy desnuda. Aún.

No puedo evitar reírme de mí misma mientras tomo la ropa del piso y la coloco sobre mi cuerpo.

—¡No puedo creer que no me avisaras! —digo tratando de parecer enojada, fracasando rotundamente.

—¡Te estoy avisando ahora! —recalca muerto de risa mientras dejamos el lugar.

Y de ahí nace la leyenda urbana de que la mezcla del buen sexo con un buen café conforma una excelente combinación.

***

—¡Ernestina! —Siento que Carla me sacude el brazo.

—¿Qué? ¿Qué pasó? —Bostezo mientras contesto, no entiendo nada.

—Ni te sueñes que vas a dormir en este vuelo —me amenaza Agustina.

—Ni siquiera hemos despegado ¿y ya estás enchufada a ese celular y dormida? —impugna Carla—. ¡Olvidate! ¡Este vuelo no es para dormir! ¡Mirá para atrás ya!

Estoy un poco perdida, pero sí. Recién embarcamos. Miro hacia los costados en busca de orientación.

—¡Dejá de mirar a los costados! —recalca Agus—. ¡Atrás! —Señala sin ninguna discreción.

Me levanto suavemente de mi asiento, totalmente desorientada, y observo. Todo el equipo de rugby está acá y escondido en un rincón está él. Con su pelo rubio agarrado de una coleta y con una sonrisa de oreja a oreja, él me está mirando. Bajo mi cuerpo de forma inmediata a mi asiento y tapo mi boca en señal de asombro.

¡No lo puedo creer! Él está ahí… pienso sin poder creerlo.

—Ni intentes esconderte, ahí viene —susurra Carla sonriendo mientras se va.

No sé qué hacer, es como que volví a tener quince años.

—¿Puedo? —siento su voz. Es la misma que hace unos minutos me decía cosas calientes al oído.

—Claro…

Se sienta a mi lado y no puedo evitar observarlo. Es él. Su pelo rubio, sus ojos claros y sus labios, que ahora están rosados, pero que yo misma dejé morados de tantos besos.

—Máximo… —escucho salir de sus labios y mi cuerpo tiembla.

—Ernestina.

—Mucho gusto. —Escuchamos el aviso para aprontarnos para despegar y por supuesto Carla, que era la que estaba a mi lado, le cambió el asiento, así que es mi compañero. Odio a Carlita en este momento, sabe que tengo problemas con el despegue de los aviones. Me pongo super nerviosa y siempre me presta su mano como soporte.

—¿Estás nerviosa? —pregunta algo preocupado, al ver mi estado.

—Es solo el despegue...—contesto avergonzada—. No me gustan.

Sin decir más, toma mis manos entre las suyas y yo agradezco internamente ese gesto. Nunca logré acostumbrarme a este paso y eso que he viajado varias veces.

—Me gustaría... invitarte a tomar algo —dice para distraerme.

—¿Eh? —pregunto estrujando sus manos—. Lo siento. —Le estoy casi cortando la circulación, pero no puedo evitarlo.

—¿Un café?

—¿Con ropa? —Ya ven, digo cualquier cosa cuando estoy nerviosa. Él larga una buena carcajada.

—Sí, un café con ropa —repite todavía sonriendo.

No puedo evitar sonreír también. Los temblores del despegue ya pasaron y él continúa con sus manos entre las mías. No me muevo y él tampoco. El baile en el fondo del avión ya empezó y mis dos amigas están ahí.

—¿Vamos? —No sé cómo hace, pero una simple invitación a bailar parece pecaminosa en sus labios.

—Vamos.

No necesita tomarme de la mano, ya que nunca nos soltamos. No puedo decir cómo va a terminar esto, ni si este es el comienzo de algo bueno o el mayor error de mi vida. Solamente creo que este viaje va a ser una gran experiencia y, ¿quién sabe?, si Máximo debe ser mi compañero, solo el tiempo lo dirá.

Juan Carlos Esquivel – 2016

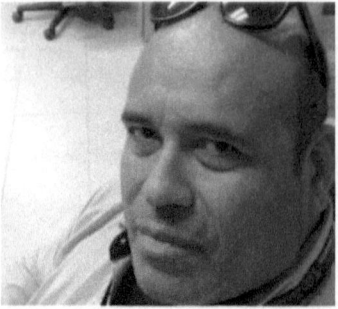

México

Empezó su vida en Ciudad Juárez, Chihuahua, al norte de México, en 1971.

Publicó en 1988 *Jacaranda*, una novela por entregas en la sección "La Obra", del periódico *El Fronterizo*.

Su trabajo literario se ha publicado en dos antologías: *Norpaisaje. Antología del taller literario del INBA en Ciudad Juárez*, y en *Dosis Letradas*, antología para celebrar los 35 años de la Universidad Autónoma de Ciudad Juárez (UACJ). Fue seleccionado para participar en el Segundo *Virtuality* Literario "Caza de Letras", organizado por la UNAM y Editorial Alfaguara. Ha publicado también en las revistas *Blanco Móvil, Semanario, Paso del Río Grande del Norte* y *Arenas Blancas*, de la NMSU. Finalista en 2007 del Primer Concurso de Relato Corto "Rodeo de Palabras", organizado por *Periódico Expresso* de Hermosillo, Sonora; finalista en 2014 del Segundo Concurso Internacional de Relatos Pecaminosos Contacto Latino, y en 2015 del Tercer Concurso Internacional de Relatos Pecaminosos Contacto Latino, ambos de Pukiyari Editores, Estados Unidos.

Antes del amanecer

Acabo de soñar.

Vacío es el camino que recorre mi mano cuando giro sobre mi espalda. Vacío es lo que tocan mis yemas al otro lado de la cama, donde su ausencia hace presencia. El vacío es frío, crece, se alimenta de sí mismo como si no hubiera interior que lo limite, infinito dentro de lo finito. No me pregunto la hora, tampoco si todavía puedo dormir un poco más. El sueño sería un alivio contra esa vigilia que me ahoga, pero desisto de dormir. Además, ya no puedo.

Su partida aún vuelca mi corazón, contiene mi aliento, devasta mi ánimo. La realidad me recuerda que ya no está conmigo, que me cambió por una mujer más joven. Desde entonces han desfilado los hombres por mi lecho, pero en ninguno lo he vuelto a encontrar. Recuerdo las palabras de una amiga: quiérete más, no dependas de nadie, recuerda que sólo te tienes a ti misma.

El problema es que, muchas veces, yo misma no soy suficiente.

El dolor de la realidad me impulsa a sentarme en el borde de la cama. El peso de mis tribulaciones amenaza con aplastarme. Durante algunos instantes me pregunto qué pasa, cuál es la razón de seguir sola. Entonces me levanto y camino hacia el espejo de cuerpo entero; la potente luz de luna llena atraviesa la cortina e ilumina mi costado. Me detengo de súbito ante mi reflejo, intimidada, como si fuera alguien más y no yo quien va a verme. No estoy preparada para observarme desnuda sin que este sea el acto mecánico de bañarme, vestirme, o dormir con alguien. Tengo miedo de lo que pueda encontrar.

La tensión en el pecho aumenta cuando cruzo los brazos para tomar mi blusa por el borde de la cintura. Cuento hasta tres, mientras contengo el aliento. Entonces mis manos tiran de ella hacia arriba.

Sin acomodar mi cabello, ni aplicar cosméticos a mi cara, me contemplo. Quiero verme como soy, sin artilugios, sin máscaras que engañen a los demás, o a mí misma. Mis pechos, ni muy grandes ni muy chicos, aún conservan su lozanía, el aspecto de fruta que no ha dado jugo. La punta de la cicatriz de cesárea apenas asoma por la cintura del pijama.

Me despojo de la prenda con los pulgares. Su caída descubre una boa en mi tobillo, que trepa rodeando mi muslo hasta la cintura. El espejo muestra sus colores, tan vivos como el día que los tatuaron. La cicatriz de la cesárea llega hasta mi vello.

Es curioso verme quieta en el espejo, mientras por dentro soy un mar de ansiedad. Poco a poco recupero la calma, y ya desinhibida ante mí, me observo: no estoy nada mal. Al contrario: aún estoy muy buena. No debería estar ni sentirme tan sola. Aún puedo competir contra mujeres más jóvenes. Cada una tiene su belleza y yo tengo la mía.

La edad sólo es un prejuicio.

Adelanto la pierna derecha, un poco flexionada. Las escamas de mi boa dan la ilusión de movimiento en ese espejo de imagen nítida. No está empañado, ni sucio. Tampoco emite destellos. Tan limpia es su imagen, mi imagen, que más que espejo parece ventana. Una ventana hacia mí misma.

La pose altiva, la pierna adelantada, los hombros hacia atrás y el pecho erguido, son una invitación a conocerme, a aprovechar una de esas pocas ocasiones en que realmente estoy ante mí. Reconozco el fuego en mis ojos, apenas una llama sobreviviente. Me toco en el espejo, pero no es la fría superficie de vidrio lo que palpa el tacto de mi mano. Es otra piel, o, mejor dicho, una copia de la mía, una copia de mí. ¡Dios! Puedo sentir mis huellas digitales.

Sorprendida, levanto la vista para verme. Ahí estoy, sonriente. Dejo entonces la extrañeza y sonrío también; mientras entrelazo mis dedos con los míos. Es aquí cuando rechazo en silencio la invitación a entrar al espejo: me invito ahora a salir de él, a estar aquí, en mi habitación.

Conmigo.

Sin soltarme, me ayudo a dar un paso afuera y me coloco frente a mí. La chispa de amable lujuria en mis ojos contagia a los míos. Bajo la vista para recorrer y admirar mi cuerpo: las puntas de mis pies, los empeines, la serpiente de escamas brillantes que sube por mi pierna, del mismo modo que lo hace por la mía; así como las rodillas con algunas cicatrices, remanentes de una infancia traviesa. Observo mis caderas, mi vientre, mi triángulo; el vello recortado desde donde nace mi cicatriz para desembocar abajo del ombligo.

Veo mi abdomen. Sin ser plano, tampoco es abultado. Natural. Contemplo mis curvas. Escudriño mis pechos que, como dije antes, no son muy grandes ni muy chicos. Iguales a los míos. Los pezones erectos, la piel de gallina. Dejo de entrecruzar mis dedos y me tomo por la muñeca para dirigir mi mano hacia uno de mis senos, mientras con la otra me tomo por un hombro y me acerco hacia mí. Más que escuchar, puedo sentir mi respiración agitada, el temblor de mis manos al tocarme, cual inexperta adolescente, así como el ritmo acelerado de mi corazón. Rodeo mi cintura, me acerco más, y más, poco a poco, hasta que mis tetas chocan, se aprietan y casi se funden con las mías. La mano que tomaba mi mano mientras acariciaba mi pezón se retira para acariciar mi cabello, tomarme por la nuca y acercarme a mis labios, que terminan por rozar con los míos.

Siento en mi aliento un gusto avinagrado que desaparece a medida que me beso. Introduzco mi lengua en mi boca, y yo en la mía. Ambas se enredan, se reconocen en una danza lasciva, como también lo hacen las boas de mis piernas. Con una mano acaricio mi espalda en círculos, mientras con la otra dejo mi pecho y toco mi trasero, acercándolo a mi vientre para frotarme de un lado a otro y tejer una red con mis vellos. Quiero sentirme, entrar dentro de mí, ser una sola, o bien, una doble conmigo misma.

Sin dejar de abrazarme, me dejo guiar hacia la cama. Me recuesto conmigo, mientras mis labios encienden mi boca, estremecen mi cuello y humedecen mis pechos. Con la lengua dibujo un camino de saliva de mis tetas al vientre y redibujo mi cicatriz, la que, por primera vez, no me avergüenza.

Llego entonces ante mí, ante aquello que me define como dadora de vida y placer. Al sentir que me detengo, volteo a verme: unos ojos más encendidos que antes me observan desde mi vientre. Sin pregunta de por medio, asiento jadeante y ansiosa a la propuesta no hecha. Levanto las piernas para permitirme pasar los brazos por debajo de ellas y tocarme a cuatro manos: las mías y las mías; mientras soplo despacio en mi sexo. Mi aliento choca con mi humedad, y un latigazo de placer me estremece. Suelto uno de mis pechos, y dirijo el tacto a mi vulva húmeda.

Separo mis labios con cierta dificultad. Estoy bien mojada. Acaricio mi sexo con la palma de mi mano. A cada instante mi jadeo crece, mi cuerpo se contrae y expande. Mis espasmos son, a la vez que gozo, una súplica.

¿Qué espero que no avanzo?

Al fin, paso mi lengua por mi clítoris. El estremecimiento es más fuerte. Un movimiento involuntario cierra mis muslos alrededor de mi cabeza, pero sigo. Los movimientos de la lengua suceden con mayor frecuencia, mientras crece mi botón, mi detonante de placer. La sensación levanta mi cuerpo, mi cadera. Por un momento dejo mi clítoris y chupo mis labios, beso mi entrepierna, paso mi lengua entre muslos y vientre, causando pequeños calambres que me provocan un dolor placentero, un pequeño dolor que me desespera y que, a la vez, pido que no cese.

Considero que es mi turno, y me recuesto sobre los codos. Entiendo perfectamente mi gesto: es una invitación a sentarme sobre mi cara. Dejo mi sexo y repto sobre mí, me levanto para avanzar sobre mis rodillas, hasta poner mi vulva frente a mi cara. Estiro la piel de mi vientre, y comienzo a trabajar en mi intimidad.

Puedo ver cómo me retuerzo de placer. Arqueo el cuerpo hacia la espalda, a veces hacia el frente, como si desfalleciera. Cuando me veo tocar mis tetas, adelanto mis manos sobre las mías para sumar mi fuerza a la fuerza con que me acaricio. Luego regreso mis manos a mi vientre y vuelvo a abrir mis labios; mi clítoris queda a mi completa merced. Lamo, chupo, muerdo, hasta que los espasmos se vuelven más fuertes y, a una repentina contención, a una tensa quietud, sigue una explosión, un desahogo violento de líquido que llueve sobre mi cara, mientras gimo con desesperación y, a la vez, con alivio.

Noto que me quiero recostar a mi lado, pero antes de cualquier cosa, lo impido. Me hago entender que quiero que me quede aquí, encima de mi cara. Ahora, con el pulgar, vuelvo a frotarme con frenesí, hasta que mi mano duele y mi cuerpo encima de mí vuelve a explotar. Hasta entonces, después de provocarme el segundo orgasmo, me permito retirarme; pero disto mucho de sólo acostarme a mi lado. Sé que no es justo dejarme así y, exhausta, entrelazo mis piernas con las mías, hasta que mi vulva roza la mía, hasta que mi humedad se mezcla con la mía, facilitando el movimiento, suavizando el roce.

Mi sexo y el mío se acarician con desenfreno durante varios, muchos minutos; no sé cuántos. Ambas, yo y yo, gemimos de placer, desesperación, abandono y entrega mutua. Siento una corriente eléctrica que tensa todo mi cuerpo y acabo por explotar, al mismo tiempo que exploto por tercera vez; mientras un violento géiser surge de mi uretra para chocar contra el torrente que sale del mío.

He terminado al mismo tiempo que yo.

Exhausta, me abandono entonces al descanso, mientras me recuesto junto a mí. Vuelvo a besarme, antes de dormirme entre caricias tiernas y miradas de agradecimiento.

Despierto. Miro mi cuerpo: la respiración honda y tranquila; mi desnudez plena y satisfecha; el sueño merecido. Tras contemplarme algunos minutos, decido levantarme, con cuidado, para no despertarme. Rodeo la cama, me acerco a mí y me hablo al oído:

—Te amo. Te amo primero que a nadie y aunque no quieras, pues sólo te tienes a ti misma... Y que no se te olvide.

Deposito un ósculo en mis labios como despedida y camino hacia el espejo, lista para volver de donde salí. Entra primero una pierna, luego el cuerpo. Me detengo para echarme una última mirada. Al hacerlo, muestro la pierna con la serpiente, antes de entrar por completo.

En la duermevela, extiendo mi mano hacia mi derecha. Mis yemas tocan el vacío sobre la sábana todavía húmeda. Me siento para buscar en derredor... nada. Dejo la cama y camino hacia el espejo, ante el cual sonrío tras descubrirme en él. Adelanto una mano para tocarme, pero lo único que encuentra mi tacto es la fría superficie de vidrio. Comprendo entonces que, simplemente, ya no estoy aquí. Me he ido. El amanecer me ha llevado. Comienzo a echarme de menos, pero hoy, por primera vez, no me molesta la soledad.

He despertado.

Empiezo a soñar.

Deborah Luzige - 2016

Uruguay

El gusto por la lectura me ha acompañado desde niña, pero de hecho comencé a escribir en la adolescencia haciendo *fanfics* de distintos libros, poemas e historias breves. En junio del 2015 publiqué mi primera novela llamada "Fuego Oculto". Trata sobre una chica que pasa por un episodio de abuso sexual que la deja con serias consecuencias sobre su autoestima. La historia, lejos de indagar en el sufrimiento, se enfoca en la superación y en la reconstrucción de la personalidad. Se encuentra disponible en digital por Amazon y en papel por Librománticas a finales del presente año. En diciembre del 2015 participé de la Antología Solidaria "54 Corazones tras la Esperanza" (en digital y papel por Amazon), con los poemas "El juego" y "Cuéntame". En abril del 2016 formé parte de la Antología Solidaria "Cuentos para Soñar" con un cuento infantil llamado "Los principitos del desastre" (en digital y papel por Amazon). En abril del 2016 también publiqué mi segunda novela "Knock Out" (digital por Amazon). Esta historia trata de una chica que decide cambiar el rumbo de su vida. Pasa de la prostitución y el abuso de alcohol y drogas a querer convertirse en una luchadora de kickboxing profesional. Mezcla el amor, la pasión, intrigas policiales, pasados escabrosos y un vistazo a lo exigente que puede ser una rutina deportiva. En mayo del 2016 se publicó en papel por Librománticas. En setiembre del 2016 participé como escritora invitada en el 4° Setiembre Romántico Rioplatense. Este evento se realiza año a año en Buenos Aires, Argentina y reúne a más de trescientas lectoras, escritoras y blogueras del género romántico. Actualmente estoy terminando mi tercera novela, "Inocente Intrusa", cuya fecha de publicación (Amazon y Librománticas) será febrero del 2017.

Soy mujer y pago por sexo

Yo pago por sexo.

Pero no es lo que todos están pensando. Pago sólo para ver.

Lo único que voy a decir de mí es que tengo treinta y un años, el dinero para mí no es un problema y tengo un deseo contenido de sexo que me está volviendo loca.

Hace tres meses que encontré esta especie de solución a mi situación, aunque no sé por cuánto tiempo más será efectiva.

Todos los viernes a las ocho y treinta de la noche salgo de la oficina, me subo a mi auto y me dirijo hasta este lugar donde por una cuantiosa suma de dinero puedo ver a través de un espejo doble mientras una pareja de actores porno hacen lo que mejor les sale.

No tengo ninguna preferencia en particular, sólo tengo una condición y es que la chica acabe. En algún punto me pregunté si el gusto por observar a otra mujer deshacerse bajo el devastador efecto de un orgasmo me hacía lesbiana. Después de un tiempo no le di más vueltas al asunto. Creo que en el fondo me gusta mirar porque me imagino a mí misma en esa situación, experimentando esas sensaciones y eso despierta algo del deseo salvaje que guardo en mi interior y que ningún hombre ha podido saciar.

Es viernes, son las nueve y treinta de la noche y me preparo para irme. Tengo más calor que cuando llegué, como siempre me pasa. Mi cuerpo experimenta algo de las sensaciones que le robé con los ojos a mi intérprete sexual, fue una escena memorable.

Abro la puerta para salir y suena mi teléfono. De inmediato me meto de vuelta a la habitación donde estaba y acallo al maldito aparato atendiéndolo en seguida. Se supone que mi presencia aquí debe pasar inadvertida.

Tras media hora de discutir con mi socio sobre unos problemas del trabajo que no vienen al caso, finalmente logro salir de esa habitación lo más rápido que puedo. El tiempo se pasó volando, yo ya no debería estar aquí.

—¡Auch! —es lo único que alcanzo a decir después de chocar con algo, ¿o alguien?

—Perdón, no te vi.

Mi cerebro en seguida se pone en alerta. Esa voz me resulta muy familiar…

Estoy de rodillas, torturada por mi falda tubo y mis tacones aguja, juntando los papeles y mi bolsa que se cayeron al piso. Levanto la vista y veo al protagonista de mis escenas de los viernes. Me mira con una sonrisa de lado disfrutando de mi despliegue de torpeza. Bajo un poco la vista intentando disimular mi vergüenza y me quedo mirando su entrepierna que atrapa un bulto considerable.

¿Pero cómo puede ser si acaba de…?

Pero no puedo pensar más. Finalmente se apiada de mí y me tiende una mano para ayudarme a levantar. Se la tomo porque con esta maldita falda sería casi imposible hacerlo por mis propios medios.

Una vez recobro una postura más digna musito un "gracias" y me doy la vuelta para salir del bendito edificio cuando su voz perturba nuevamente el hilo de mis pensamientos.

—Espera, no te vayas así.

Mi cuerpo obedece a su mandato, mi mente intenta reestructurarse. ¿Me está dando órdenes? Yo soy la que da las órdenes, siempre, siempre… Es lo que la gente espera de mí, pero me agota, me agota hacerlo todo el tiempo. Esto se siente extraño, que otra persona me dé una directiva tan simple y verme tan afectada. Pero creo que me gusta.

Al siguiente segundo está a mi lado, tomándome por la cintura y arrastrándome hacia afuera. Me tiene desconcertada, ni siquiera atino a resistirme y él se muestra tan natural en esta actitud dominante…

—Te acompaño a tu auto. ¿Dónde lo dejaste?

—Es ese —digo señalándolo.

—Lindo coche.

No sé si se hace el disimulado pero no le da mayor importancia. Todo el mundo babea por ese auto, en especial los hombres, pero en él no parece surtir mayor efecto.

—La verdad es que necesito que me lleves. Es lo menos que puedes hacer por retenerme hasta tan tarde.

No puedo creerlo. Debo estar mirándolo con cara de idiota porque prácticamente está aguantando la carcajada. ¡Qué descarado! ¿Quién se cree que es? ¿Y quién cree que soy yo? Definitivamente no tiene ni idea o lo sabe disimular muy bien. Mmm. Eso no tiene por qué ser malo. No le voy a dejar saber que me tiene descolocada.

—Está bien. Te llevo. Súbete.

Tras unos momentos de incómodo silencio me pregunta algo que hace que todos mis planes de parecer en control de la situación se vayan por la borda.

—Entonces, ¿por qué lo haces?

—¿Por qué hago qué? —pregunto intentando sonar despreocupada.

—¿Por qué pagas por ver sexo? No me tomes a mal, estoy más que contento con el pago extra. Sólo pregunto por curiosidad. ¿Te calientas para ir con tu marido?

—Insolente. No tengo marido.

—¿Novio, amante?

—No. —Me está haciendo enojar. ¿Qué le importa mi vida?

—Entonces, ¿por qué lo haces?

—No te importa.

—¡Para!

—¿Qué? No vas a tratarme así ¿Qué te piensas?

—Que pares porque esa era mi casa.

—Mierda. —Clavo los frenos y doy una marcha atrás un poco descontrolada.

—Esa de ahí.

Paro frente a la dichosa casa y me quedo mirando al frente mientras él se baja. Cierra la puerta y se asoma a la ventanilla.

—Ven, todavía no me contestas lo que te pregunté.

—No puedo, tengo cosas que hacer.

—Te aseguro que conmigo te vas a divertir más. No me hagas arrastrarte hasta adentro. Ven.

Y otra vez la firmeza de sus órdenes me desarma por completo. Bajo del auto y voy tras él mientras no pierdo de vista su apretado culo que se mueve deliciosamente frente a mí. Lo conozco bien, muy bien.

Entro a la casa y me sorprende otra vez cuando se empieza a desvestir sin miramientos, camisa, zapatos, medias, pantalón y engancha los pulgares en el borde del bóxer. Se detiene por un momento, mira por arriba de su hombro y me ve con la peor cara de hembra en celo de la historia, observándolo de forma lasciva. Se sonríe satisfecho y termina de desnudarse.

—Me voy a dar una ducha. ¿Quieres venir? —El descarado se da vuelta y se ve que le está gustando bastante este jueguito porque su pene está completamente erecto.

No puedo evitar mirar ahí fijamente y saborearme. Cuando me doy cuenta de lo que acabo de hacer siento que mi rostro se incendia.

—Si me acompañas, te dejo darle una probadita —dice agarrándoselo con una mano.

—Esto no es una buena idea —murmuro, pero mis palabras no me las creo ni yo. Sigo con la vista clavada en su pene, lo deseo, lo deseo tanto. Siento que mi capacidad de razonamiento se extingue. Esta vez puede ser diferente a las otras, él no sabe quién soy, no espera nada de mí. Tal vez me pueda dar lo que necesito. Me muerdo el labio dudando, pero él decide por mí. Avanza hacia donde yo estoy, me toma por la cintura y me aprieta contra su cuerpo desnudo, restregando su erección contra mi pelvis. Libera mi labio con su pulgar y me besa, aunque decir que esto es un beso es un eufemismo. Me está devorando la boca, su lengua embebida con su saliva busca la mía, la subyuga, la posee, mientras sus labios se funden con los míos. Me está dejando sin aire, sin alma, sin sangre. Tan violentamente como me arranca ese beso, lo termina. Me deja jadeante, sedienta de más, totalmente descontrolada. Me mira a los ojos y se sonríe triunfante. El muy desgraciado sabe que me tiene en sus redes y yo no pretendo zafarme de ellas.

—¿Te vas a duchar conmigo o no?

Asiento, incapaz de emitir sonido.

—Muy bien. Entonces hay que desvestirte.

Se pone de rodillas frente a mí sin dejar de mirarme y coloca sus manos en mis tobillos. Tortuosamente lento comienza a subir por mis piernas mientras yo siento que toda mi piel hierve. Llega hasta el borde de mi pollera, se detiene por unos segundos y se mete por debajo. Con sus pulgares acaricia muy suavemente la parte interna de mis muslos. El calor que siento en mi entrepierna se está tornando insoportable. Él avanza más y más hasta llegar a mi sexo. Presiona con sus dedos y masajea por encima de mis *panties*. Estoy tan húmeda que seguro ya las empapé. Cierro mis ojos disfrutando de esas caricias. Estoy apoyada en sus hombros y mis piernas se sienten extrañas.

Deja de hacer lo que se sentía tan bien y yo vuelvo a la realidad brevemente porque en seguida toma mis *panties* y me las baja hasta el piso. Salgo de ellas y él rápidamente atrapa el borde de mi falda y me la hace cinturón, dejándome completamente expuesta.

—Mmm, ¡qué sorpresa! Completamente depilada. Tengo que probar esto.

Y sin más lame todo mi sexo, saboreando mi excitación que no logro mantener dentro de mi cuerpo. Un patético jadeo surge desde mis entrañas. Mis piernas me fallan, pero él me sostiene apretándome el culo y obligándome a mantenerme en pie. Abro más mis piernas. Quiero más, mucho más. Él lo entiende.

—Viciosa… —alcanza a decir susurrándole más a mi sexo que a mí, pero yo insisto en responder.

—Sí… —Tiro de su pelo pero esto parece desafiarlo porque entierra su lengua en mí, mojándome cada vez más—. Ah, ah, sí… —gimo totalmente fuera de mí.

Otra vez interrumpe su ataque abruptamente. Se levanta y empieza a deshacer los botones de mi blusa. Rápidamente llega hasta el último botón y desprende también los de los puños. Apoya sus manos en mi cuello, me besa otra vez y va deslizando sus manos por mis hombros y mis brazos, llevándose consigo mi blusa que cae en el piso segundos después.

Mi pecho delata mi respiración entrecortada y superficial. Me envuelve en un abrazo apretado y accede al broche de mi sostén desprendiéndolo y despojándome de él. Sin esperar un segundo más ataca mis pechos, chupando, lamiendo y mordiendo de forma despiadada.

Por favor… Siento que mis pezones van a explotar de tanto placer mezclado con dolor también. Es una mistura exótica, peligrosa. Siento que me pierdo. Las piernas otra vez me fallan, las siento temblar.

—Parece que no te puedes mantener en pie. Arrodíllate, vas a estar más cómoda.

Me lo dice mientras me acaricia el pelo. Conozco sus perversas intenciones pero no puedo hacer más que seguirle el juego. Deseo tenerlo en mi boca, deseo probarlo, lo hice desde la primera vez que lo vi.

Me dejo caer sobre mis rodillas, lo tomo con ambas manos y con urgencia me lo meto en la boca todo lo profundo que puedo. Mmm. Sabe más delicioso de lo que me imaginé. Él marca el ritmo con su mano en mi nuca agarrándome del pelo, ejerciendo su control sobre mí. Se siente bien, tan bien, tan liberador.

—Ah, sí, sí —emite en un ronco gemido.

Tras unos segundos me tira un poco más fuerte del pelo haciendo que me detenga.

—Basta —me dice con voz firme. Me obliga a levantarme tomándome de los hombros y después me arrastra hasta su cuarto llevándome de la muñeca. Aún tengo los tacones puestos por lo que voy caminando un tanto torpe.

¿Qué va a hacer ahora? La expectativa me está matando y me encanta, me encanta todo este misterio. Llegamos al cuarto y se coloca de espaldas a mí. Me alisa la falda sólo para desprenderla y quitármela del todo. Me toma de la cintura y se pega a mi cuerpo colocando su erección entre mis nalgas. Me besa y lame los hombros y el cuello y yo no hago más que ofrecérselo, me entrego más y más a sus caricias. Su mano viaja por mi vientre y se desliza más abajo, sus dedos exploran mi sexo palpitante, expectante por sus caricias. Hunde dos dedos en mí, sin previo aviso, mientras me sujeta fuerte de la cintura. Estoy elevándome rápidamente, sintiendo oleadas de placer cada vez más juntas, cada vez más fuertes. Mi cuerpo se convierte en pura sensación. Me empuja más hacia la cama obligándome a arrodillarme encima de ella. Me presiona la espalda todavía sosteniéndome de la cintura. Obedezco sin decir una palabra, pegando mi pecho a la cama, extendiendo los brazos hacia delante. Estoy abierta, completamente expuesta para él, puede hacer conmigo lo que quiera.

—Abre las piernas —me susurra al oído y hago lo que me pide. Siento que se aleja, dejándome exhibida. Mi cuerpo se contorsiona involuntariamente. Estoy demencialmente caliente. Ya no puedo más, estoy al borde de la explosión. ¡Qué tortura! ¡Qué deliciosa tortura! Siento que se acerca a mí otra vez por detrás.

—Qué hermosa vista —dice con voz ronca y yo me siento desvanecer.

Me acaricia las piernas deslizándose hacia mis pies y me quita los zapatos. Después vuelve a subir por mis piernas hasta mis nalgas y pone una mano en cada una de ellas. Su cuerpo está fresco en comparación con el mío que arde. Siento su aliento en mi sexo, exhala sobre él para hacerme desear todavía más. Me empieza a dar pequeños besos por mis labios, en mi clítoris, por todo mi sexo y de pronto empieza a subir y me sobresalto cuando su húmeda y caliente lengua moja mi ano. Instintivamente lo contraigo.

—No, no, no —me dice advirtiéndome—. Relájate que te va a gustar.

Dudo un segundo y accedo. Hoy es el día de experimentar.

—Eso es, muy bien.

Me mojo incluso más con su saliva. Siento cómo el exceso se desliza hacia mi sexo abierto, luego un dedo introduciéndose lentamente en mi ano mientras sus dedos expertos hacen delicias en mi clítoris.

—Ah, sí, más… —ruego en una lastimosa súplica.

—¿Más?

—Sí, por favor.

—¿Cuánto más?

—Todo lo que quieras. —No me reconozco en estas palabras de rendición, pero es demasiado tarde cuando me doy cuenta de su alcance. Siento su pene colocándose en la entrada de mi vagina, empujando apenas, tentándome. Quiebro aún más mi cadera y en un solo movimiento conciso me penetra hasta el fondo hundiendo a su vez su dedo en mi culo. Los dedos de su otra mano se aferran a en mi cadera.

—Ah, sí… —grito con todas mis fuerzas. Se siente extraño, raro, pero exquisito. Es casi demasiado, demasiadas sensaciones a la vez. Empieza a moverse y a mover ese dedo dentro de mí cada vez más rápido, más duro. Mi cuerpo ya no puede resistir más la sobre estimulación, los temblores se hacen cada vez más violentos, más juntos entre sí. Me voy lejos, lejos, ya llego y un segundo antes de que todo estalle logra alcanzar mi pezón y lo pellizca y retuerce con vicio. Exploto en un orgasmo salvaje, bestial. Mi cuerpo tiembla, se arquea, se quiebra en mil pedazos y se vuelve a juntar para estallar otra vez. Lloro y me río al mismo tiempo, incrédula, enloquecida, no entiendo nada, absolutamente nada. Él retira su dedo invasor. Me toma con ambas manos de las caderas y me embiste una y otra y otra vez haciéndome reflotar en mi orgasmo.

Gime, gruñe, me dice cosas entre dientes apretados que no puedo llegar a entender. Todo lo que me rodea se evapora, todo menos él y yo.

Sale de mí y yo caigo rendida, exhausta, jadeante, volviendo a la realidad tras haber experimentado algo que no sabía que podía existir. Pero sé que esto no terminó aún. Me da vuelta y me mira sonriendo, satisfecho con lo que acaba de hacer. Me toma por las rodillas y las lleva a mi pecho. Se coloca encima de mí y me penetra otra vez. Muerdo mi labio con fuerza, sorprendida de sentir este delicioso cosquilleo en mi vientre, este efecto residual del orgasmo exquisito y desproporcionado que acabo de experimentar. Él aumenta el ritmo de sus embestidas. Su respiración se acelera y su rostro se contrae concentrándose en su fin. Yo no puedo creer que esté escalando otra vez rápidamente al ritmo de sus embestidas, hecha un ovillo bajo su cuerpo, recibiendo su sudor en mi piel. Me penetra a un ritmo casi imposible. Todo su cuerpo tenso, el mío también, jugando una carrera secreta para ver quién llega al orgasmo primero.

Tras unas pocas embestidas más y casi sin poder moverse por la tensión de su cuerpo sale de dentro de mí, se quita el condón y acaba sobre mi cuerpo, marcándome, dibujando hasta la última gota de su placer en mí. Yo estoy temblando por el erotismo de lo que acaba de hacer y porque me llevó hasta el borde y me dejó ahí, colgando del abismo. Me sonríe con la perversión pintada en su cara y se lanza a devorar mi sexo mientras me penetra con sus dedos a un ritmo frenético, plegándolos de vez en cuando, haciendo que me retuerza del placer. Así, con su lengua luchando con mi sexo y sus dedos bailando en mi interior, estallo por segunda vez convulsionando, pateando, arañando y gritando. Él me sostiene firme de la cintura y eso intensifica aún más esta sensación arrolladora.

Unos momentos después, las sensaciones van disminuyendo, él quita sus dedos, se los chupa mirándome a los ojos y se arrastra por mi costado hasta llegar a mi boca. Me besa profundamente haciéndome beber mi propia excitación y me encanta mi sabor mezclado con su propia saliva y con la mía.

Se deja caer a mi costado y tras unos segundos de silencio habla.

—¿Mejor que mirar?

—Mucho mejor —respondo en una exhalación.

Después de descansar un rato finalmente nos vamos a duchar.

Creo que mis citas de los viernes van a ser un poco diferentes de ahora en delante.

Diego Niño - 2016

Colombia

Diego Niño. Bogotá, 1979. Autor del blog *Tejiendo Naufragios* del diario *El Espectador* y columnista del portal *Panorama Cultural de Valledupar*. Ganador del Primer Concurso Literario Guillermo Meneses y de las maratones de cronistas de Rock al Parque y de La Semana por la Paz.

Al diablo con el diablo

El aguacero arremetía contra la pista de aterrizaje. El agua caía en oleadas regulares, como el mar que lame la playa. La mayoría de pasajeros dormitaba sin importarle el frío que entraba por todas las rendijas del aeropuerto. En la sala había dos pantallas: la de la izquierda, que anunciaba que los vuelos se cancelaron por la tempestad y en la otra Brendan Fraser al lado de Elizabeth Hurley en *Bedazzled*, una película que se tradujo en Latinoamérica como *Al diablo con el diablo*.

Probablemente ese fue el mejor momento de la carrera de *sexsymbol* de Elizabeth. En casi todas las escenas aparece con pantalones ajustados, bikinis o minifaldas que dejan ver unas piernas que hacía mover a los hombres de la sala. Yo miraba las piernas con desinterés: siempre he preferido las piernas grandes, digamos gruesas, que no se trabajan en los gimnasios, sino que se forjan en la vida. Por ejemplo, me fascinaban las piernas de la mujer que estaba sentada diagonal. Desde lejos se veía que tenían la capacidad de llevar cualquier peso sin que se arquearan o flaquearan. Sin embargo, y aunque suene ridículo, lo mejor de esa mujer no eran las piernas sino las botas de caña larga que terminaban en tacones puntudos de no menos de quince centímetros de longitud. Llevaba un vestido rojo como el que usó Elizabeth en algunas escenas de *Al diablo con el diablo* y el cabello negro. Sus piernas me sugerían que sus ojos también eran negros, profundo y tentadores.

A mitad de la película, acaso agobiada por la espera, caminó hacia al baño. Sus ojos —que, en efecto, era negros— se cruzaron con los míos. Minutos después escuché sus pasos retumbando a mi espalda hasta que se detuvieron a mi lado. Me miró a los ojos como si esculcara en las grietas de mi alma.

—¿Está ocupada? —Señaló mi maleta, que estaba sobre la silla.

Se sentó a mi derecha y lanzó una sonrisa de aguas pantanosas. Miré hacia la pantalla, pero mi cerebro no veía la película: sólo registraban imágenes en las que Brendan Fraser era poeta y después narcotraficante. Algunas veces no resistía la tentación de examinar sus botas. Apoyaba el peso en los tacones y las puntas de los pies se movían al ritmo de la música que siseaba en sus audífonos. De nuevo concluí que su sensualidad no estaba en las piernas sino en las botas que se movían con la impaciencia de quien tiene urgencia sexual.

Minutos después se quitó los audífonos.

—Estoy que me caigo del cansancio. Vamos por un café —susurró.

Quise decir algo, cualquier cosa, pero no lo hice. Se fue por el pasillo con pasos largos. Yo la seguía a pocos metros, arrastrando la maleta, con los ojos clavados en su cuerpo: sus nalgas que eran igual de abundantes que sus piernas y que su cintura, pero no rompían la proporción que la hacía ver como una modelo de ropa interior pero vista con *zoom* al ciento veinte por ciento.

En el local hablaba con energía, como si la vida no le cupiera en el cuerpo. Movía las manos de un lado a otro, lanzaba carcajadas que hacían girar las cabezas de los vecinos de mesa o se inclinaba para susurrar, dejando ver unos senos igual de generosos que el resto de su cuerpo. Poco a poco me entró la sospecha. Desconfío de las mujeres que llegan sin avisar, como llegó mi ex esposa: una tarde de julio arribó a mi vida con una sonrisa y años después se fue con Salomé, nuestra hija, lo único que quedó de veinte años de matrimonio. Meses después de su partida, me llamó para decir que el matrimonio se había ido a la mierda por mi culpa. «Eres de los hombres que tienen problemas abstractos. Y eso no lo aguanta ninguna mujer. ¡Ninguna!», gritó.

La mujer, al final del café, dejó de hablar como si se hubiera acordado de algo importante. Se inclinó, me tomó la mano, la frotó con sus largos dedos. Usaba esmalte del mismo tono de la falda y de los labios. Sonrió. Dijo con una voz delgadita, como de asmático:

—¿Por qué no nos vamos de acá? No habrá vuelos hasta el amanecer. Quizás hasta la entrada la mañana. Mejor nos arrunchamos en un motel, dormimos un rato y regresamos.

Ese era el momento de sentar mi posición, de decirle que desconfiaba de ella, que me daba miedo su seguridad, su cuerpo que parecía diseñado para producirme erecciones vigorosas, su cabello que caía en bucles que parecían colas de serpiente.

Pero no lo hice.

Se fue caminando con una autoridad que no he visto en otra mujer. Tomé mi maleta y me fui detrás de ella a pesar de que mi cerebro me avisaba que estaba cometiendo la peor estupidez de mi vida.

En la puerta del aeropuerto le dije:

—Al menos dígame cómo se llama.

—Margarita. ¿Y usted?

—Faustino.

Me contempló de pies a cabeza, como si calculara mi peso o el tamaño de mis órganos. Sonrió. Salió del aeropuerto, miró a los ojos a un taxista que se acercó inmediatamente.

—Al Flamingo —ordenó como si el taxista fuera su conductor personal. El hombre arrancó presuroso, como si, en efecto, fuera su empleado.

La avenida El Dorado era un río de aguas oscuras. En los andenes había carros varados que parecían caimanes con las fauces abiertas. Un señor con la camisa arremangada hasta el codo contemplaba el radiador de su carro que lanzaba una bocanada de vapor. Se rascó la cabeza, después la apretó y luego le dio una patada a la llanta trasera.

Quince minutos después estábamos en la puerta del motel. Margarita pagó con la tarjeta de crédito a una mujer que la miraba con envidia. Ni siquiera me dio la oportunidad de hacer el amague de sacar la billetera. Caminamos por corredores oscuros hasta dar con un cuarto enorme. Me lancé a la cama. Sonreí. El espejo del techo me devolvió una sonrisa temerosa. Margarita se quitó el vestido, quedando únicamente con las botas. Caminó hacia la cama con pasos de leona en las llanuras del Serengueti. Subió a la cama de un brinco. Me contempló como si fuera su almuerzo. Dio tres pasos que hicieron oscilar el colchón. Intenté levantarme, pero me puso el pie en el pecho.

—Siempre iré arriba. ¿Entendido? —dijo mientras me hundía el tacón en la boca del estómago.

Lo que siguió fue confuso y salvaje. No me dejaba descansar más de lo necesario para evitar un infarto. No sé qué tenían sus manos que me hacían disfrutar una erección vigorosa cada vez que acariciaba mis piernas. Una vez la verga se ponía rígida, se la metía hasta al fondo en un movimiento certero que no necesitaba la ayuda de las manos. Después cabalgaba, gritaba, continuaba cabalgando sin que diera muestras de cansancio físico. El placer era intenso, casi doloroso. Sentía descargas eléctricas en todo el cuerpo. Me arqueaba, me retorcía, me enderezaba, pero ella continuaba arriba, cabalgando con los ojos cerrados, levantándose el cabello con las dos manos hasta que llegaba en un gemido que me llevaba a eyacular.

Al filo de la madrugada me dejó que la penetrara en cuatro. Fue como si me enganchara a una montaña rusa: se sacudía de una manera que no había visto, ni volveré a ver en la vida. A duras penas podía aferrarme a sus nalgas que se sacudían con frenesí. No tardé en llegar en un orgasmo tempestuoso a pesar de que esa noche había tenido cinco orgasmos. Me lancé a la cama, cerré los ojos y me dejé llevar por las corrientes de un sueño intranquilo del que desperté horas después, con el sol entrando por las ventanas. El televisor estaba encendido en un canal nacional. El presentador —un barrigón de sonrisa idiota— le preguntaba a Ivonne Carreño cómo fue la experiencia de trabajar con un Oscar de la Renta a punto de morir. Ivonne tenía la pierna cruzada, las manos sobre la rodilla, el cabello recogido en una moña y una sonrisa que no convencía a nadie. Miró al gordo con desprecio, dio un sorbo a un pocillo con el logotipo del programa y dijo que fue la mejor experiencia de su vida. El gordo carcajeó como si acabaran de contar un chiste. Las mujeres que estaban al lado de Ivonne reían con carcajadas vacías.

Busqué el control para apagar el televisor. No estaba en las mesas de noche ni entre las cobijas. Me asomé para buscarlo en el piso. Vi las botas de Margarita: una estaba equilibrándose en el tacón y la otra estaba recostada contra la pared, con la caña doblada por la mitad. Más allá estaban mis zapatos y después el control.

Apagué el televisor. Margarita cantaba con una voz que se enroscaba con el ruido de la regadera. El agua dejó de sonar y Margarita de cantar. Sonó el pestillo del baño y salió con la toalla enrollada en el cabello como si fuera un turbante. La contemplé a mis anchas: ojos negros, nariz amplia, labios carnosos, cuello largo, tetas enormes, pezones oscuros, cintura gruesa, caderas extensas, pubis depilado, piernas voluptuosas, rodillas de futbolista y canillas que se iban oscureciendo a medida que bajaban hasta llegar a dos cascos de cabra.

—¡Qué dijo: me gané la lotería! —dijo Margarita con una sonrisa que parecía burlarse de mis ojos desorbitados.

Siempre pensé que, si me sucediera algo así, saldría gritando, tumbando las cosas en mi carrera. Pero no corrí ni grité. Me quedé quieto, como si estuviera encerrado en un cuerpo moribundo.

—Sabe que nada es gratis conmigo. Su alma me pertenece a partir de este momento.

Callé un instante y luego pregunté:

—¿Para la eternidad?

—Sí señor: me acompañará por la eternidad.

Sonreí con la sonrisa de quien descubre grietas en las leyes del universo.

—¿Puedo pedir algo más?... es que… ya sabe: mi alma le pertenecerá por la eternidad y lo que me dio es… ¿cómo decirlo?... estuvo bien… ¡maravilloso!... no lo voy a negar, pero…

Levantó la mano en un gesto altanero. Creí que me atravesaría con una llamarada. Pero no hizo nada. Guardó silencio como si calculara mis pensamientos.

—¿Qué quiere?

—Quiero echarme otro polvo.

—¿Sexo?... ¿Sólo quiere sexo?... ¿No quiere ser millonario o poderoso?

—Nada de eso. Sólo quiero otro polvo.

—¿Sólo un polvo?

—O más… si es posible… todo depende de su generosidad.

—¿No le importa perder el vuelo por estar fornicando?

—No… es decir, sí; pero usted tiene el poder suficiente para detener el tiempo o para llevarme al otro lado del mundo con tronar los dedos. ¿O me equivoco?

Sonrió. Caminó lentamente. Los cascos golpeaban contra las baldosas como suenan las herraduras de los caballos cuando golpean las piedras. Se sentó en la cama, cruzó las piernas. Los cascos oscilaban con el movimiento involuntario de sus muslos. Miró mi verga flácida. La agarró con el índice y el pulgar como si le produjera asco el pedazo de carne. La soltó. Acarició mi pierna derecha lentamente, llegando al lunar en forma de mariposa. Lo pulsó como si fuera un botón. Instantáneamente mi verga tuvo una erección vigorosa.

—No sabe lo que le viene —dijo mirándome a los ojos.

Saltó sobre la cama, dio tres pasos y se acaballó. El corazón quería salirse por mi boca. Tomó la verga con la mano, la masturbó en una posición imposible. Lo hacía tan bien que sentía que iba a eyacular en cualquier momento. La soltó, me metió un dedo a la boca, se acomodó, la verga entró hasta el fondo. Sentí dolor, placer, temor, dicha, ganas de gritar, de llorar, de reír.

—¿Listo? —preguntó mirándome a los ojos.

Apreté las sábanas con las manos sudorosas. El corazón estaba desbocado. Y no era para menos: estaba a pocos segundos de fornicar al demonio como si fuera el final de los tiempos.

Gastón Irigaray - 2016

Argentina

Mar del Plata, Argentina, 1975. Estudió licenciatura en Psicología, profesorado de Dibujo y Pintura Artística, y Música. Es asistente de la secretaría de Niñez y Adolescencia de la Provincia de Buenos Aires, donde dicta talleres de arte para jóvenes en conflicto con la ley penal. Fue publicado por el Concurso de Cuentos Haroldo Conti, 2003. Ganó el 1° Premio del Concurso de Cuentos Meps 2004 de la Universidad Nacional de Mar del Plata. Seleccionado para la edición de su primera novela, *Carta de una Cautiva*, por Ediciones Oblicuas 2014, Barcelona.

El erotómano

Las revistas y los libros de la repisa han sido seleccionados por mi psicoanalista. Los almohadones del sillón y las fotografías colgadas en la pared, no. A ella no le gusta esa decoración marroquí de bordados dorados ni las reproducciones en baja definición del Central Park y la Quinta Avenida. Quizás son elección de la otra profesional con la que comparte el consultorio. En cambio, esa revista de arte con su artículo sobre *El Beso* de Gustav Klimt y el libro de Marguerite Duras, apenas asomando su lomo rosado, cuyo título sugerente sólo puede estar dirigido a llamar mi atención, los eligió Mariana. Lo sé porque no soy cualquier paciente, uno más. Tengo en claro que entre nosotros hay una conexión especial, una velada atracción mutua que ella no ha podido aceptar. Sus represiones, fuerzas que insisten en contra de los deseos inconscientes según he leído de Sigmund Freud, se lo impiden. Pero estoy seguro de que tarde o temprano verá las señales adecuadas y encontrará el camino para vencer sus resistencias. Reconocerá lo divino que hay entre nosotros.

Lo nuestro trasciende lo meramente ilusorio que tienen muchos amores, de duplicaciones falsas y absurdas. Sé bien de qué se tratan esos espejismos. Ya me he enfrentado a esos artificios de emociones que se asemejan al amor. Ese canto de sirena provino de una psiquiatra que me atendió cuando sufrí un ataque de pánico. Estuve internado un par de semanas en un neuropsiquiátrico. Pero fue debido al agotamiento por el trabajo y no otra cosa. Había pasado semanas sin dormir pintando en mi atelier, no porque necesitara dinero, vivo sin preocupaciones gracias a la herencia que me dejaron mis padres, sino porque tenía que sacarme de encima ciertas exaltaciones del alma. Sublimaba como todo artista, pero el exceso de trabajo me doblegó. Por un tiempo, debido al mismo estrés, creí que esa psiquiatra, a quien prefiero no nombrar en mis pensamientos, me amaba. Pero me di cuenta de lo confundido que estaba y aquel paso por la falsa verdad, sin embargo, tuvo una recompensa. Fue esa psiquiatra quien me derivó con Mariana.

En la sala de espera vuelvo a leer el título del libro que sobresale en la repisa. *El Amante*. Dios, el mensaje no puede ser más claro. Mariana deja inconscientemente esos detalles desperdigados para mi interpretación. Es como si me dijera: «Ves, eso es lo que siento por ti, por favor encuentra la forma de que todo esto suceda».

Mariana es mi otra alma, un espíritu velado que necesita ser conducido a la verdad, una burbuja contenida en el coral que debe salir a la superficie a respirar. Sonrío. La puerta del consultorio se abre y Mariana despide al paciente de las doce y media que para mí es, aunque lo he visto una decena de veces, un rostro desconocido, una sombra, el maniquí de un decorado, una figura fuera de foco, el extra de una película, sólo existe para anunciar el previo ingreso a mi sesión.

La contemplo iluminada por la luz de la tarde, radiante, y sus ojos color avellana se posan en mí y no puedo más que conmoverme y temblar. Atenea vuelve al Partenón, la Venus se mira en el espejo y la dama del armiño me sonríe. Veo esa marca tan particular en su rostro, ese hoyuelo casi imperceptible que se forma en la comisura de sus labios cuando sonríe. Aprecio su táctil y generosa figura, sus caderas, sus piernas, sus bajos hombros y me estremezco al contemplar su piel blanca como la espuma. La imagino danzando junto a las *tres Gracias* de Rubens o como Lucrecia de Cranach, con la daga en su pecho desnudo, o la maja deslumbrando a Goya. Al fin se detiene ese tiempo infinito de espera y me hace pasar al consultorio. Entro. Me siento frente a ella. Intento contener mis emociones, no demostrar la ansiedad, pero mi pie inquieto me delata. Mariana ha dejado la cortina de la ventana levantada. Le gusta que el consultorio esté iluminado.

—¿Le molesta la luz, Julián?

—No.

—¿Cómo ha estado estos días?

—Bien. Pintando. Estoy trabajando en una tela de dos metros cuadrados. Óleo. Pinto todo el día y a toda hora y no duermo.

—¿Y qué está pintando?

—Pinto su rostro.

—Bueno Julián, precisamente de eso quería hablarle. Estuve pensando en lo que le sucede y creo que…

—Sí, desde luego, sí…

—Siéntese, Julián, por favor.

—Está bien. Perdón.

—Creo que no estamos avanzando —me dice—. No veo que en estos últimos meses hemos hecho progreso. No creo que este espacio terapéutico le esté permitiendo… ¿Me está prestando atención?

—Estoy mirando sus manos.

—¿Mis manos?

—Sí, quiero tocarlas.

Mariana no sabe qué hacer con sus manos a partir de ese momento. La veo incómoda. Evidentemente siente que la acaricio mentalmente, que rozo con mis dedos su palma. Ella debe tener necesidad de tocarme también, pero se contiene. Deja caer su cuaderno de notas sobre su regazo y oculta sus manos debajo.

—Deberíamos interrumpir el tratamiento. No veo progresos y hasta creo que el vínculo terapéutico se ha vuelto iatrogénico.

—¿Iatrogénico?

—Perjudicial.

—¿Y por eso piensa que debemos terminar el tratamiento?

—Sí. Pero no se preocupe voy a derivarlo. ¿Qué piensa, Julián?

Balbuceo algunas palabras, asiento con mi cabeza, le digo que sí, que lo entiendo y paso el resto de la sesión respondiendo con monosílabos. Estoy en otra parte, conteniéndome, eufórico, alegre, desbordante y victorioso. Casi no puedo contener mi emoción o evitar sonreírme. Estoy seguro de que Mariana diluye el vínculo terapéutico para darle una oportunidad a nuestra relación. No le digo nada y dejo que la situación fluya, que tome su debido cauce. Le doy su tiempo. No puede ser de otra manera. Mariana no lo va a reconocer. Siente temor. Y está bien. A quién no le asustaría reconocer ser parte de algo divino, completo, absoluto. Pero es mi deber como hombre bendecido por esa emoción, su amor, allanarle el camino a Mariana para que regrese a mí. Regrese, sí. Porque fuimos uno desde el origen de los tiempos y en otras vidas. Nos reencontramos millares de veces como amantes en diferentes periodos de la historia. Fuimos animales de largas colas reproduciéndonos en bosques de helechos, fuimos cazadores en crudos inviernos extintos, fuimos plebeyos y reyes y esclavos huyendo, fuimos amantes separados por el odio de sus familias, colonos en las Américas viviendo en fortines y fuimos salvajes indios. Y sufrimos vínculos difíciles, imposibles y penosos. Fuimos fenómenos de circo arrastrados por Europa para la diversión de las personas, a veces nacíamos con el mismo sexo, otras fuimos hermanos o siameses separados al nacer o un monje y su feligresa. También hubo existencias solitarias cuando nacíamos en extremos opuestos del mundo, en lugares inhóspitos, inaccesibles. Cuando todo intento de estar cerca resultaba inútil y envejecíamos en soledad, mirando las mismas estrellas, pero en diferentes partes del mundo. He registrado esa memoria arcaica, ahora despierta en mí, en cada lienzo que he pintado. Algún día espero que Mariana pueda ver y reconocerse en ellos. En mi atelier la esperan esos cuadros como postales de otro tiempo y otras vidas. Pero esta vez no tendremos que pasar por esos periodos de imposibles encuentros. Aunque nos hemos reencontrado como paciente y médico estoy convencido de que podremos despertar ese destello que nos ha unido desde siempre.

Apenas salgo del consultorio de Mariana voy a mi atelier y destrozo el retrato que estoy pintando. Ya no lo necesito. Pronto estaremos juntos. Sólo debo estar atento y cerca de ella, esperar. No debo dejarla sola. Por suerte, previendo que este momento podría llegar, tengo mis recursos. Mandé a intervenir su celular, así que sé todo el tiempo dónde se encuentra; y a través de un troyano, tengo acceso a su computadora portátil. Tuve que contratar a un *hacker* para hacerlo y gastar dinero, pero valió la pena. Estoy cerca de ella por si me necesita. Porque en algún momento se dará cuenta de lo que siente por mí, tendrá un momento de revelación como lo tuve yo y deseará que esté yo ahí para que la contenga. Cuando sea invadida por esa necesidad imperiosa de que esté a su lado, yo me presentaré.

Luego de destruir el cuadro regreso a mi hogar, donde me baño, afeito y preparo una mochila con todas las cosas que necesitaré para pasar los próximos días cerca de Mariana. La primera noche de vigilia la paso frente a su casa, en una plazoleta, oculto detrás de un arbusto. Tengo unos binoculares para observarla. Mariana no tiene la costumbre de cerrar las persianas, sólo corre unas finas cortinas color ámbar que dejan ver su silueta circulando por el *living* o su pieza, y con eso me conformo. Además, sigo sus movimientos de celular por GPS y tengo mi Notebook con suficiente batería para, cuando llegue a su casa y se conecte, yo pueda observarla. Veré su pantalla duplicada en la mía y hasta podré acceder a su cámara web. Mariana regresará cerca del atardecer de su clase de Pilates, su doctor le recomendó ese ejercicio por su sobrepeso. Lo sé porque encontré algunas recomendaciones escritas de su médico clínico, revolviendo su basura, y el folleto de inscripción al gimnasio.

Mientras espero el regreso de Mariana pienso en cuánto le cambiará la vida cuando estemos juntos. Actualmente su soledad me abruma. Cada vez toma más horas de consultorio porque no quiere regresar a su casa. A pesar de su formación como psicoanalista, y de su propio análisis, a Mariana se le dificulta entablar vínculos duraderos, hacer amigos o tener una pareja. Ni siquiera tiene familiares. Mariana perdió a sus padres cuando era niña y fue criada por su abuela materna quien, lamentablemente, falleció hace unos años. Una de sus actividades preferidas es dar interminables paseos por el supermercado arrastrando un carrito de compras y la otra es pasar la noche entre tazas de té y barras de chocolate leyendo sus novelas de Corín Tellado hasta que la encuentra la madrugada. Así de aburridos y tristes son sus días libres.

A las nueve de la noche llega Mariana, puntual, cansada. Lleva un bolso de gimnasio rosa que no había visto antes. Como siempre, prende todas las luces de la casa. No cena. Se prepara una taza de té y va a su escritorio donde tiene su computadora y la enciende. Yo también enciendo mi Notebook para ver lo que ella ve. Paga unas cuentas de servicios *online*, entra a la página del colegio de psicólogos y luego abre su correo electrónico, alguien le ha enviado por *mail* una invitación para un encuentro y ella le responde que acepta. Sé que todas las noches entra un rato a un *chat* de solas y solos. Ha estado chateando con un don nadie, pero creí que no se concretaría el encuentro. No me preocupa. Cierro mi computadora portátil. Va a ser una larga noche.

A las diez de la mañana ya estoy en el *shopping* donde acordaron verse. Qué predecible es Mariana, ha elegido como lugar de reunión el café en el patio del centro comercial donde suele ir a terminar de leer sus novelas y pasar las notas que toma a mano de las entrevistas con sus pacientes. No temo el encuentro. Pero de todas maneras me siento en la obligación de acompañarla. Apoyo la cintura en la baranda del segundo piso. Revisa su celular, lee su novela. Se la nota inquieta. Lo siento, Mariana. Lamento que caigas también en espejismos, en falsas ilusiones. Pronto te darás cuenta de que tu corazón late por mí, que me amas. Pide un segundo café. Mira a su alrededor. La hora acordada se pasa. Lamento que tengas que decepcionarte, pero no te preocupes: yo estoy cerca. Ese hombre no valía la pena, no era para ti y me he encargado de que no te moleste. Anoche, sí. Pagas la cuenta y te vas. Creo que estás llorando.

Corro detrás de ella. Ya no resisto verla angustiada. No aguanto más sentir lo que siente. Bajo corriendo las escaleras eléctricas en el sentido contrario, arremetiendo a cuanta persona se cruza en mi camino. Me gritan. Alguien intenta golpearme. No me importa, lo esquivo y sigo corriendo. Atravieso el café tirando algunas mesas. La gente me insulta. Pocillos de café y platos con masas finas caen a mi alrededor. Al fin alcanzo la salida del *shopping*. Tengo que calmarme. Estoy desbordado y me cuesta respirar. No quiero que Mariana se preocupe al verme así, agitado, conmovido, a punto de colapsar. Pero no tengo otra opción. La veo en la senda peatonal. Temo perderla entre la gente. Grito:

—Mariana.

—¿Qué hace aquí, Julián? —me dice sorprendida al verme.

—Camino a su lado.

—¿Vino a hacer compras en el *shopping*? —me pregunta como si no hubiera escuchado mi respuesta.

Tiene los ojos llenos de lágrimas.

—No, la estoy acompañando.

—¿Acompañando? —pregunta acelerando el paso entre la gente.

—Sabe por qué estoy aquí. Abra su corazón. No puede seguir negándolo.

—No estoy para contenerlo en este momento, Julián.

—Sé que debe ser un período difícil. Debe haber sentimientos que la invaden y no comprende. Pero ha llegado el momento.

—¿De qué está hablando, Julián? ¿Fue a la analista que le recomendé?

—No la necesito —le digo intentando buscar su mirada.

—Llámela, Julián, por favor, o en todo caso nos vemos en el consultorio.

—El consultorio, no. Por algo me derivó. Rompió nuestro vínculo porque empezó a sentir cosas por mí. Reconózcalo.

—No sé de qué está hablando, Julián. Si se siente mal puedo acompañarlo a la guardia del neuropsiquiátrico o puedo llamar a un acompañante terapéutico. Pero tiene que calmarse.

—Hoy iba a tener una cita con un hombre y la dejó plantada.

—¿Cómo?

—Sé todo sobre su vida.

—¿Me ha estado espiando?

—La acompaño en su camino de regreso a mí.

—Mire, Julián, todo tiene un límite.

La tomo del brazo para que sienta mi contacto. Pero Mariana hace un movimiento brusco y se aleja de mí. No puedo retroceder ahora, tengo que seguir avanzando. Quizás estos sean lo momentos culminantes, determinantes, finales. No puedo abandonarla. Corre y yo la sigo. Desesperada y aturdida por todas esas emociones que la invaden cruza la calle con el semáforo en rojo. Le grito para advertirle. Un taxi pasa a toda velocidad y no alcanza a esquivarla. La embiste y la arroja hacia la vereda. Al caer se golpea la cabeza con el borde de la acera. El taxista pierde el control del vehículo y termina chocando con otro auto estacionado a unos metros. El humo invade la calle y las personas se aglomeran alrededor del accidente. Aparto a la gente que la rodea, me arrodillo junto a ella y la tomo de la mano, pero está inconsciente y respira con dificultad. Sé que se va a recuperar, que esto es sólo otra prueba. No puede ser de otra manera. Le digo que no se preocupe. En breve estaremos juntos. De pronto sé qué tengo que hacer y me apresuro a sacar de su bolsillo su documento de identidad y todas sus tarjetas. Nadie me ve hacerlo. Nadie me lo impide. Esto está escrito.

La ambulancia se detiene en el medio de la calle y los paramédicos se abren paso entre la gente. Despliegan una camilla junto a ella y sostienen su cabeza con un cuello ortopédico.

—¿Usted la conoce? —me pregunta uno de los paramédicos.

—Es mi mujer, mi pareja.

—Bueno, venga con nosotros.

Suben la camilla y abordo la ambulancia junto a Mariana. Al llegar al hospital ingresamos a la sala de urgencia. Luego de unos minutos trasladan a Mariana al quirófano para una operación. Los médicos deben realizarle una intervención a nivel lumbar. Parece que ha sufrido una fractura en la columna.

En la sala de espera, paso un par de horas. No me preocupo. Sé que todo va a salir bien. Nuestro destino es estar juntos. Una enfermera que ha asistido en la operación se acerca a mí y me informa que han logrado salvarle la vida. Pero ha habido complicaciones y Mariana está en estado vegetativo.

—¿Qué es eso?

–Coma. No sabemos cómo puede evolucionar. Tal vez pase mucho tiempo antes de que despierte. Lo siento.

—Vamos a superarlo.

—¿Hay algún pariente al que quiera avisar? Puede usar el teléfono del hospital.

—No. Sólo somos los dos. No hay nadie más.

—Va a ser un camino doloroso la recuperación. Hemos hecho todo lo posible.

—No importa. La voy a llevar a mi casa. Tengo dinero. Puedo comprar todo lo que necesite. Todo lo que necesite para mantenerla con vida aunque no despierte.

—Tranquilícese. No diga esas cosas. Va a estar en el hospital en observación. Precisamos ver cómo evoluciona su caso.

—Está bien —le digo a la enfermera.

—Sé que la noticia es difícil de recibir. Cualquier cosa que requiera no dude en pedírmelo.

Debo esperar. Pronto estará a mi lado. Para siempre. No podía ser de otra manera. Seremos un solo ser nuevamente. Miro el corredor del hospital, en el otro extremo una pareja se besa, escucho el llanto de un bebe, un afiche en la pared advierte de los cuidados que hay que tener al hacer el amor. Todos los detalles son señales de su presencia. Sonrío. Sé que me ama.

José Luis Chaparro González - 2016

España

Nací en Sevilla hace 56 años y soy funcionario de profesión. En la actualidad ejerzo mi labor en Mérida (Badajoz). En octubre de 2015 presenté mi primer trabajo literario en el XXV Concurso Literario "Policía de Albacete" donde conseguí el primer premio. A partir de entonces he sido reconocido con el primer premio del XVI Concurso de Cuentos Breves "Biblioteca Pública Sánchez Díaz", primer premio del I Concurso de Micro Relatos en Twitter "Escribir para incluir", ganador del I Concurso Internacional de Cuento Breve "Una Flor para ti", ganador del I Concurso de Microrrelatos "Ayuntamiento de Teulada", ganador del V Concurso Internacional de Microrrelatos "Viaja en el tiempo con tu heroína", ganador del I Concurso de Microrrelatos "Micrología Literrante", segundo premio del XVI Certamen Literario Villa de Marchena, "Memorial Rosario Martín", tercer premio en el II Concurso de Relatos Cortos "Ateneo de Jerez", accésit XIX Premio Internacional de Relato Breve "Julio Cortázar" de la Universidad de La Laguna (Tenerife), entre otros. Mis trabajos se recogen editados en más de un centenar de antologías literarias, tanto en prosa como en verso.

Nunca más de una noche

Siempre pensé que mi miembro tiene vida propia. Que dispone de su propio cerebro, como los pulpos, que tienen un cerebro secundario en cada uno de sus tentáculos, el cual les hace reaccionar de forma independiente del resto del cuerpo. Un cerebro secundario que, aunque dependiente de otro central, es capaz de tomar determinadas decisiones por sí mismo, obviando las directrices del cerebro principal, el cual es de suponer que está mejor capacitado.

No es el caso en mi caso, valga la redundancia... o sí. Tal vez sea cuestión de orden. Tal vez el secundario sea el que se encuentra dentro de mi cráneo y no el otro. Comencé a sospechar que ese podía ser el problema, cuando uno de mis cerebros, el del cráneo, me mandó señales de peligro que el otro no quiso acatar.

Era la primera vez que salía a tomar una copa. Algo me decía que aquella chica que se encontraba sola en la barra no estaba esperando mi llegada, sino que por algún motivo, que yo ignoraba, ninguno de los buitres leonados que revoloteaban por el local en busca de una presa, había decidido acercarse a ella para hincarle… el pico.

Mi otro cerebro no tuvo en cuenta esa señal de alarma y decidió activarse él y activar mis piernas para meterme en la boca del lobo o para intentar meterse él en la boca de la loba, o yo qué sé…

A medida que me aproximaba con mi cara de chico simpático, la chica me miró con sorpresa. Estaba buena. Muy buena. Buenísima. Tanto, que a partir de que me sonrió, parecía que las luces se hubieran apagado y un foco la iluminara exclusivamente a ella, como ocurre cuando una gran estrella del *rock* sale al escenario. Allí estaba ella y no había nada ni nadie más y si se hubiera tratado de una película, desde algún sitio escondido hubiera sonado una romántica música de violín. Pero no lo era y por eso no sonó.

Sonó su voz, que salía por entre unos labios carnosos a través de unos dientes de un blanco perfecto, por debajo todo de una preciosa nariz, que encima tenía unos ojos verdes... ¡Que me voy de la historia!

No podía creer lo que ocurría. Era un conductor experto recién llegado al destacamento y reconocí algunos de los rostros que ahora me miraban sorprendidos, cuando al presentarme a ella le estampé un beso en cada mejilla y también le di la mano y si me hubiera pedido un pulmón también se lo hubiera donado allí mismo.

Después de una breve charla intrascendente me dijo que no se encontraba a gusto en aquel lugar con tantos mirones y me propuso marcharnos a otro local que conocía, lo que acepté encantado. Salimos ante la mirada de todos. Me extrañó que ella, antes de salir, volviera su cabeza para recorrer con su mirada todo el local, a la vez que sonreía.

¿No será un travestí?, pensé por un momento. Ella iba adelante, camino de su coche, y la observé de arriba abajo. Imposible. Llevaba un pantalón blanco de tela fina, de esos que dejan que la carne se mueva un poquito por dentro y se transparentaba lo justo para ver que llevaba unas braguitas tipo tanga. Imposible. Ningún travestí se pondría esa ropa. Quise salir de la duda y aproveché la oscuridad del aparcamiento para besarla en los labios y meter mi mano entre sus piernas. Allí no encontré nada. Bueno, sí encontré... pero no encontré nada que tuviera otro cerebro. O tal vez sí tenía otro cerebro, pero no estaba duro como el mío. En fin. ¡Que no! Que era una tía, que estaba buenísima y que abrió sus piernas cuando notó que metía mi mano entre ellas.

Subimos a su coche y ella sonreía. Otra vez sus labios, otra vez sus dientes, su nariz, sus ojos, su camisa con los dos botones de arriba abiertos y su mano agarrando la palanca de cambios. Me la imaginaba agarrando mi otro cerebro, cuando, para mayor sufrimiento, soltó la palanca y llevó la mano hasta su boca, para ahogar un bostezo. ¡Lo que me faltaba! El bulto de mi pantalón creció y debía colocarlo mejor, pero sentado no podía hacerlo y comenzó a causarme dolor. Ella pareció notarlo y sonrió.

Entonces soltó la bomba: «¿Vamos mejor a casa? No me apetece beber más». La miré otra vez, más que nada para comprobar que era real y asentí con la cabeza, además de añadir que a mí tampoco me apetecía beber.

Llegamos a su casa e introdujo el coche en el garaje, desde donde entramos al salón. Supuestamente nadie nos vio llegar. Ella lo prefería así, según comentó. Corrió las cortinas y encendió la luz. La iluminación era perfecta. La suficiente para no tener que adivinar al tacto.

Y comenzó todo. Me ofreció tomar una ducha mientras se desnudaba. Tenía un cuerpo espectacular. Más aún cuando comencé a acariciarlo extendiendo el gel. Ella también frotaba el mío. Cuando nos desprendimos del líquido, después de besarnos, ella fue descendiendo, besando mi pecho hasta llegar a arrodillarse. Abrió su preciosa boca y comenzó a lamer mientras me miraba a la cara. En ese instante ninguno de mis dos cerebros pensaba en otra cosa que en agarrar su cabeza para que nada quedara fuera. No hizo falta. Ella lo hizo en una boca que parecía que no tenía fondo. Pensé que iba a desmayarme de placer. Pareció adivinarlo y se detuvo justo en el momento oportuno.

Me llevó al dormitorio y allí desplegó todas sus armas. Yo siempre creí que era un experto. Nada de eso. A su lado era un aprendiz. Un aprendiz al que el corazón estuvo a punto de reventarle varias veces. Salvado siempre en el último momento por otro estallido mucho más agradable. Por último, a modo de despedida, se colocó de rodillas, apoyó sus manos y me ofreció su puerta trasera. Mi último recurso de fuerzas apareció para entrar por allí y volver a explotar, ahora completamente exhausto.

Era casi el amanecer cuando llamó a la central de taxis, le facilitó una dirección y colgó. Debía marcharme. El taxi me recogería dos esquinas más abajo. Antes de salir, me despidió con un beso. Cuando llegué al lugar, allí se encontraba el taxi y le indiqué la dirección del destacamento.

A duras penas conseguí llegar despierto. Se trataba de un día especial. El coronel regresaba con un permiso de cinco días de su misión en el extranjero y yo debía presentarme ante él en calidad de su nuevo conductor.

Después de las introducciones de rigor solicitó el vehículo en el que cargamos todo su equipaje para que le llevase a su domicilio.

Después de unos minutos, el recorrido me resultó conocido. Siguiendo sus indicaciones llegamos a su casa y me ordenó que introdujera el coche en el garaje, desde donde descargaríamos el equipaje. No fue posible. El garaje lo ocupaba el vehículo de su esposa; concretamente el vehículo en el que yo viajé la noche anterior.

Sentí un escalofrío de terror que hizo que mi sueño desapareciera por completo. Ella apareció en el porche para ofrecerle un amoroso abrazo de bienvenida, mientras me observaba por encima de su hombro. Yo miraba lo que hacía mientras la imaginaba en la ducha y después de rodillas, apoyada sobre las palmas de sus manos, mientras yo tiraba fuertemente de su cintura hacia atrás. No me quedó duda acerca de cuál es mi cerebro principal cuando se activó de inmediato ante tal recuerdo.

La recordaba tumbada boca arriba con las piernas abiertas. La recordaba en la cama con su cabeza subiendo y bajando entre mis piernas y por último limpiándose la cara interior de los muslos cuando me retiré de su espalda.

El coronel me despidió mientras se introducía en su casa abrazado a ella. Volví a mirar su pantalón blanco de tela fina, que dejaba que la carne se moviera un poquito por dentro y que se transparentaba lo justo para ver que llevaba otras braguitas tipo tanga.

Antes de entrar ella miró atrás y me sonrió. El coronel también miró atrás para ordenarme que me marchara, diciendo que ya llamaría si necesitaba de mis servicios.

Regresé al destacamento sin dejar de pensar durante todo el recorrido en el lío en el que me había metido tirándome a la mujer del jefe o dejando que la mujer del jefe me tirase a mí o tirándonos el uno al otro o lo que sea... ¿Merecía la pena? ¡Sí! me respondí a mí mismo al instante. ¡Sí merecía la pena!

Había oído comentar que el coronel tenía mala leche. Que era un tipo agresivo y peligroso. Por ese motivo pedía los destinos más arriesgados. ¡Lo que me faltaba!

Pasaron cuatro días sin noticias del coronel, lo que me hizo pensar que todo quedaría en secreto. Al quinto me llegó la orden de recogerlo en su domicilio. De nuevo me asaltó el temor de que ella le hubiera confesado su infidelidad y el tipo violento que todos decían que era sintiera deseos de venganza por haberme tirado a su mujer.

Aparqué donde lo hice cinco días antes. Salieron abrazados. *¡Cómo se habrá puesto el tío...!,* pensé al verlos juntos, pero disimulé como pude. Ella me miró también aparentando que acababa de conocerme y se despidió de él con un beso. Mientras nos alejábamos en el coche oficial, ella decía adiós con su brazo en alto.

Yo miraba por el retrovisor intentando encontrar alguna pista en el rostro del coronel. Cada vez que miraba, él me estaba mirando también. Eso me puso muy nervioso y estuve a punto de colisionar un par de veces con el coche que iba delante.

Llegamos al destacamento y me invitó a entrar en su oficina y a tomar asiento. Parecía demasiado amable. *¡De aquí no salgo vivo!,* pensé al momento. El coronel no se sentó, sino que se quedó de pie detrás de mí y adiviné por el sonido que sacaba la pistola de la funda. No me atreví a moverme ni a decir ninguna palabra. Él tampoco dijo nada. Escuché el chasquido de la corredera de la pistola al ser montada y al momento el frío metálico del cañón en mi nuca. Hubiera salido corriendo, pero estaba petrificado.

—¿Sabes qué le ocurrió al anterior conductor? —preguntó.

—¡No señor!

—¿No lo sabes? ¿Quieres saberlo?

Está enterrado en el campo de tiro con un disparo en la nuca, pensé.

—Supongo que pediría la baja, señor.

—¡Exacto! —dijo mientras retiraba el cañón de mi nuca—. Lo mismo que vas a hacer tú en este mismo instante.

No podía saber exactamente qué le había contado ella, pero estaba claro que algo sabía.

—Recuerda siempre esta frase: "Nunca más de una noche". ¿Lo harás? —dijo

—¡A la orden mi coronel! —respondí pensando que así tenía alguna posibilidad de salvarme de terminar en el campo de tiro, junto al anterior conductor.

Me colocó un papel delante y firmé sin mirar siquiera lo que estaba escrito en él.

—¡Puedes marcharte! —ordenó.

Fue la orden que he cumplido más rápidamente en toda mi carrera militar. Me faltó poco para batir el récord mundial de velocidad. A partir de entonces decidí que debía poner en orden las prioridades de mis dos cerebros.

El coronel regresó a su misión y yo pude dejar de mirar sobre mis hombros cada vez que oía un ruido sospechoso. De vez en cuando me pasaba la mano por la nuca y comenzaba a sudar con sólo recordar el momento.

Nunca comenté nada con nadie y un par de semanas más tarde decidí salir a tomar una copa. Al parecer un nuevo conductor había llegado al destacamento la víspera del regreso del coronel. Tenía aproximadamente mi misma edad.

Cuando llegué al bar ella estaba allí. Ni siquiera la miré, sino que me dirigí hacia un grupo que se encontraba al fondo.

Pasados unos minutos apareció un soldado joven que se quedó mirándola fijamente y se dirigió hacia ella poniendo cara de chico simpático, después de habernos lanzado una mirada de sorpresa, seguramente sorprendido porque una chica tan espectacular se encontrara sin compañía. Se presentó, le estampó un beso en cada mejilla y también le dio la mano.

Después de una breve charla, ambos salieron juntos. Desde la puerta y antes de salir, ella volvió su cabeza para recorrer con su mirada todo el local, a la vez que sonreía…

Delicia M. – 2015

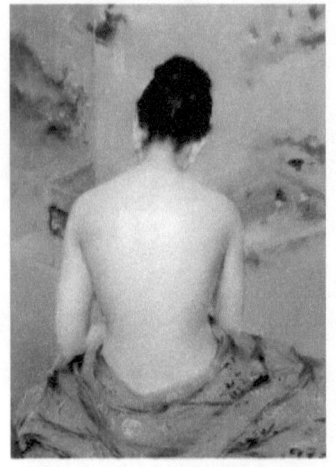

Estados Unidos

Nada más atractivo que ser un personaje ficticio escribiendo ficción. Tengo toda la libertad del mundo para decir lo que me plazca y hacer que "mis personajes" bailen al son de mi música.

Soy joven, siempre lo seré. Soy bella, pero no una muñequita, sino mujer esculpida para la sensualidad. El placer me aloca, mi cuerpo se enciende con solo imaginarlo, el éxtasis del deleite celestial me acompaña todos los días, y lo gozo con plenitud en cada milímetro de mi piel. Supongo que a ello se debe mi preferencia por la literatura erótica.

Tengo unas cuantas cositas publicadas, "Amarrada a tus deseos" y mi participación en "El cielo es un orgasmo y otros relatos pecaminosos" destacan. Vengo preparando una serie de novelas cortas que estarán bien pecaminosas... Ya les dije que puedo decir y hacer lo que me plazca y complazca...

El placer de las curvas

Xavi se entretenía durante las largas horas de trabajo bajo el sol veraniego comparando las bellezas anatómicas de las mujeres que pasaban por su puesto con la fruta que vendía en este. Era algo que había aprendido a hacer desde chico, cuando acompañaba a su tío Abdiel, el electricista, el que le conversaba de lo lindas que son las mujeres y le iba descubriendo, a veces en metáforas y otras en palabras subidas de tono, cada una de las partes agraciadas del género femenino. El tío Abdiel disfrutaba por igual a todas las mujeres que cruzaban su camino cada día, y es que eran muchas y estaban todas tan guapas que había que piropearlas, decirles cosas lindas, buscarles la lengua, que según él era la entrada al resto de ese parque paradisiaco que son las mujeres. «Xavi», le decía cuando terminaban de hacer una reparación y salían contentos y bien servidos de algún apartamento en donde la doña se desvivió por hacerles sentir cómodos, «no hay mujer fea, sino hombre que no sabe encontrar sus atractivos. A veces están allí encimita», decía gesticulando con las manos, como si estuviese agarrando algo en el aire, «a veces, hay que buscarlos más adentrito», continuaba y se reía de sus propias palabras.

Desde atrás del carromato convertido en frutería ambulante, y camuflado por escalones de estantes abultados con frutas de la estación, Xavi se la pasaba mirando a las muchachas del pueblo yendo y viniendo por las calles aledañas. Admiraba sus redondeces, estratégicamente aupadas dentro de la ropa interior, que él imaginaba de encaje blanco, que las ajustaba y delineaba. Se veía pasando sus dedos cerca de sus culotes, dejando ir con calculada pericia el broche de sus sujetadores. Imaginaba su mano fragante de mandarina subiendo por entre las piernas torneadas de esas mujeres esculpidas por el recio trabajo en el puerto cercano. En su mente se veía cabalgando las trabajadas hendiduras de las hembras de pelo largo, grueso, oscuro como la noche, negro como sus intenciones, incursionando con el fruto de su musa paradisiaca, saciándolas con esa leche con sabor a piña que solo él podía ofrecer.

Casi podía sentir el vaivén de sus curvas encima de su pecho, el regalo de ese olor a manzana verde, el sabor del mango en aquel delicioso monte y la pulposidad ilimitada del lulo bajo su lengua adicta.

Una tarde sudorosa, Xavi seguía con la mirada a una joven de proporciones esculturales mientras pelaba con nerviosismo una naranja jugosa. El olor cítrico se expandía sobre su puesto, refrescándolo de aquel infernal calentamiento de media tarde vacía de gente en las calles, cuando perdió de vista a la joven. Volvió a la piel que desvestía sobre sus manos y a la carne sabrosa que colocaba entre sus labios primero para chupar el zumo cuando se encontró con que la mujer, viendo cómo se puso al divisarla, había decidido cruzar la calle y darle el encuentro.

—Me llamo Maya... ¿y tú? —le dijo mientras tocaba la fruta.

Xavi quedó estupefacto. En su realidad las mujeres no le hablaban así como así. No atinó a responder. Lo único que hizo fue bajar la mirada y dejarla estancada en el ruedo del vestido veraniego de Maya.

—Recién nos mudamos para este pueblo y como siempre te veo en la esquina, me animé a pasar a saludar —confesó y lo miró con esa inocencia adorable de quien está irremediablemente perdida.

—Xavi... —murmuró con la vista todavía en el vestido.

De pronto el sol se movió en el cielo y ahora le pegaba por atrás a Maya, haciendo que su vestido se volviese transparente. Xavi sonrió al ver la braga de encaje blanco y el corpiño con broche delantero.

—Xavi... —repitió Maya mientras deslizaba sus manos por entre la fruta. A Xavi no le gustaba que le metiesen la mano a su fruta, pero en esa ocasión se imaginó que Maya lo tocaba a él—. No sé qué me provoca, Xavi, Xavi, Xavi...

Xavi sintió una punzada fortísima bajo el pantalón y luego la erección inevitable. Para tratar de distraer a su camarada de fantasías escogió las primeras dos frutas que encontró a la mano y se dispuso a explicarle a la joven todo lo que sabía acerca de ellas.

No dijo más que cuatro palabras cuando ella se acercó al tembloroso Xavi y haciéndole un mohín burlón se pasó los dedos por sus carnosos labios y luego los viajó hasta los de Xavi, quien solo atinaba a mirarla incrédulo, como si todo estuviera ocurriendo en cámara lenta y él estuviese viviendo una experiencia fuera de su cuerpo. Maya sonrió cuando colocó sus dedos húmedos sobre los labios de Xavi. Le excitaba buscar la reacción del muchacho.

Avanzó hasta que lo tuvo a la distancia ideal.

—¿Te gustan? —preguntó tocándose los redondos senos.

Xavi miró con discreción.

Maya tomó su mano sudorosa y la ubicó en el valle desde donde crecían esas fabulosas cumbres. Trémulo, Xavi no sabía qué hacer con ese permiso. Miró hacia las calles que cruzaban frente a su puesto.

—No hay nadie. Todos duermen —susurró Maya moviendo la mano de Xavi sobre sus pechos—. ¿Te gustan? —repitió casi socarrona.

Xavi hizo un gesto y cerrando los ojos se dejó llevar por el momento y la mano de Maya. Cuando se dispuso a besarla, ella se separó de él y sin decir nada se marchó.

***

A la siguiente tarde Maya regresó para encontrarse con un frutero arrebolado por la espera, la pasión que la muchacha le había despertado y el calor endemoniado. Esta vez estaba preparado. O eso fue lo que pensó.

Desde lejos la vio venir.

La valentía de macho encabritado se le fue desmoronando con cada paso que ella daba con sus rotundas piernas que acababan en un esférico trasero y el movimiento rítmico, casi hipnótico, de las curvas que se acentuaban en las amplias caderas para luego formar el intenso sendero que iba desde las entradas de su cintura hasta las cimas y los valles de sus pechos. En un momento, mientras cruzaba una avenida plena de tráfico, se detuvo y volteó para gritarle a un conductor que por distraído casi la atropella; fue entonces que Xavi pudo distinguir la "S" extrema que se formaba al terminar su espalda e iniciar su bello culo.

—¡Xavi! —llamó Maya terminando de cruzar hasta llegar a la medianera—. Espérame. No te muevas —continuó mientras caminaba a paso rápido hacia él.

Xavi la saludó. En lugar de esperarla en la parte de atrás de su puesto, escondido como siempre por los estantes de fruta, se había parado frente a este y la admiraba embelesado desde hacía rato. Cada paso de ella era como un tambor de llamado dentro de él a sus sensaciones más primitivas, cada movimiento de su cuerpo un estremecimiento del de él. Mientras más cerca se encontraba Maya a su destino, más le temblaban las piernas a Xavi, más le flaqueaban los brazos, más le hacía piruetas el corazón, más su mente aullaba con placer, más sus ojos se enfocaban con lujuria, más su boca salivaba con anticipación.

Escuchó la risa cristalina de Maya al llegar junto a él. Todo acerca de ella era tan refrescante como un jugo de piña en pleno verano. Deseaba probar su sabor, detectar el dulce y el ácido, y gustarlo por una eternidad en su paladar. Anhelaba pasearse por esa selva alegre que imaginaba su cuerpo y catar lo exótico en su pulpa tropical.

—¿Me extrañaste? —preguntó mientras pasaba su mano de mujer apetecida por encima de los plátanos que colgaban de la esquina del carromato, su cabello suelto ondeando libre.

—A ti te gusta encender el fuego pero no quieres quemarte, ¿no? —respondió serio y se acercó a ella.

—¿Cómo? —contestó inocente pero dejó que sus tibios dedos caminaran por los de la mano del frutero.

Xavi la envolvió con la mirada. Deseaba su olor forastero entre sus brazos, sus zumos bañándole el torso, las olas de su cuerpo meciéndose bajo el mástil de su barco. Ya no era el momento de quitarse la excitación partiendo un maracuyá para distraerse con la exhalación fragante de sus entrañas. Ni tendría el tiempo de irse al baño para follarse una papaya como hacía cuando las ganas por las mujeres que pasaban por su puesto lo dejaban al borde de la locura.

—Ven acá —le susurró al tiempo que lo empujaba hacia atrás y lo besaba en la boca.

Xavi se sintió transportado apenas sintió los labios gruesos de Maya sobre los suyos. Ella succionaba y tiraba de su lengua con gusto. De rato en rato pasaba su lengua por la parte de afuera de sus labios y luego recorría parte de su rostro, hasta llegar al lóbulo de la oreja e introducirla lentamente en ese espacio con la clara intención de estimular sus zonas erógenas.

En un momento en que los dos pausaron para tomar aire, Maya preguntó qué había en el local detrás de ellos.

—Nada. Es un viejo almacén —contestó Xavi y se lanzó a mordisquearle la oreja y pasar sus manos por la nuca de la muchacha, haciéndola gemir quedito.

—¿Tienes la llave? —preguntó Maya.

—¿La llave? —jadeó Xavi, tratando de encontrar la mejor manera de pasar a tocarle ese trasero que lo tenía trastornado.

Maya empezó a temblar y le preguntó por la llave de nuevo. Una chispa de lucidez pasó por el cerebro de Xavi:

—Claro que tengo la llave. El dueño me deja guardar fruta adentro.

—Búscala y abre. Apúrate —suplicó Maya pegándose a él para que sintiese su cuerpo casi desnudo bajo esa fina telita de vestido de verano.

Luego de varios intentos para abrir, pues la mano le temblaba a Xavi de la antelación, los jóvenes ingresaron a un local oscuro. Xavi la abrazó con excitación y la extendió sobre una góndola refrigerada repleta de fruta. Una mezcla con los olores predilectos del muchacho surgió de entre esa masa de cuerpos y fruta en que se convirtió el estante inclinado, precisamente posicionado para hacer el amor. No tenía suficientes manos para tocar en un solo repase todos los atractivos de Maya, así que se conformó con avanzar de frontera a frontera, iniciando en el redondel del vestido y luego subiendo por todas las maravillas que Maya ofrecía y a las que se aprestó a visitar con curiosidad de niño en parque de atracciones.

Pronto los dos estaban ya perreando con gran energía encima de la fruta. Xavi se animó a voltearla y Maya se dejó. Él sonrió. Sería la primera vez que se enfrentaba a un verdadero culo de mujer. El muchacho tocó la espada, se aseguró que estaba en su punto y enfiló hacia la puerta redondita en medio de los dos balones paraditos. Maya se agarró de los lados de la góndola y respingó su cuerpo para recibir a Xavi.

¡ZAS! La pértiga le dio de una sola al objetivo y penetró con perfecta distinción. Xavi se felicitó mentalmente por la destreza casi profesional y arrancó a meter y sacar con fuerza. De pronto escuchó a Maya gritando: «Allí, Allí, Allí». Y él con más ganas le daba al sable, entrando y saliendo, saliendo y entrando, entrando y saliendo. Y Maya que gritaba más fuerte: «ALLÍ, ALLÍ ALLÍ». Y Xavi que con toda su fuerza la penetraba.

Hasta que en un momento la muchacha se zafó y cayendo en el suelo, al tiempo que varias piñas se desplomaban a su costado, le dijo:

—¡Bruto! ¿No me escuchas diciendo: «Ay, Ay, Ay»?

—Pues yo pensé que decías: «Allí, Allí, Allí» —contestó abochornado y apresurado buscó su ropa para vestirse y salir del local lo más rápido posible.

Al verlo tan avergonzado Maya se le acercó y sensualmente le quitó cada una de las prendas de sus manos y arrodillándose frente a él le pidió perdón y luego le dijo algo que a Xavi nunca se le olvidaría:

—Enséñame cómo chupártela para excitarte al máximo.

***

Desde esa primera tarde, Xavi se convirtió en el maestro de Maya. Bueno, así lo bautizó ella. Maya siempre le venía con las cosas más inusuales y le pedía que le enseñara cómo hacerlas. A veces Xavi tenía que buscar cómo instruirse en el tema y le aplazaba la clase hasta el día siguiente. En cada encuentro estrenaban algún nuevo movimiento, como la vez que Maya le pidió que se lo hiciera de cabeza y Xaxi no encontraba cómo agarrarla en posición para que no se le cayese y cogerla de una manera tan incómoda, tanto que la mitad de las veces el pobre se terminó follando a la mitad de las frutas, pero igual las lavó y las vendió. O aquel día en que Maya trajo un bolsón repleto de juguetes sexuales y le hizo probar todos y cada uno de ellos hasta que las baterías se murieron de un gran estertor mientras Maya chillaba del placer de los múltiples orgasmos logrados. Pero lo más extraño sucedió cuando Maya se apareció con una mujer mayor.

—¿Este es él? —preguntó la mujer sin siquiera saludarlo y empezó a medirlo con la mirada. Incomodándolo cuando se acercaba para verlo mejor, como si se tratase de un espécimen a la venta.

Xavi fue a preguntar qué estaba sucediendo, pero Maya lo calló poniéndole el dedo en la boca. Ella parecía más interesada en ese momento en lo que la mujer tenía para decir.

Después de unas vueltas la mujer se detuvo y suspiró.

Maya se acercó y le preguntó en susurros:

—¿Y? ¿Qué te parece?

—No es lo mejor que he visto en mi vida, pero tendrá que ser... ¿Qué sabe hacer?

—De todo, casi. ¿Lo quieres probar?

La mujer suspiró de nuevo y asintió.

Maya se acercó a Xavi y lo acarició de arriba abajo. Él quiso renegar por lo que acababa de suceder y porque la mujer seguía parada mirándolos, pero Maya no se lo permitió, lo tomó entre sus manos y lo besó, dejándole gustar su lengua movediza por un largo rato.

Ya Maya lo tendía sobre una cama de suaves plátanos cuando Xavi sintió algo fuera de lugar, era la boca de aquella otra mujer. Xavi intentó quejarse pero solo un gemidito salió de su garganta. Trató también de retirarse pero aquellas caricias lo enloquecían. Era Maya tocándole por todo el cuerpo y esa extraña colocando su grueso falo en su boca diestra para mimarlo con la lengua y los labios, metiéndolo y sacándolo cada vez con mayor rapidez y mirándolo sensual mientras se lo hacía hasta que el muchacho no pudo más y explotó en la boca y la cara de esa mujer que parecía estar pasándola de lo más bien.

—No está nada mal... —dijo la mujer mientras se lamía los labios—. ¿Me parece o esto sabe a piña? Tendrá que revelar su secreto...

—Te dije... Ya viste... —dijo Maya entusiasmada.

Recuperando su aliento, pero todavía algo erecto, Xavi preguntó:

—¿Qué fue esto?

Las mujeres se miraron. La mayor sonrió e hizo un gesto, como dándole permiso a Maya para hablar.

—Esto podría ser tu vida, si te dejas, cariño.

—No entiendo. ¿Para hacerlo contigo tengo que hacerlo con ella?

—¿Te gustó o no?

Xavi asintió.

—Entonces, no te hagas el mojigato.

—¿Podrías conseguir otros amigos para hacerlo?

—¿Más hombres? ¿Cuántos? ¿Cuántos hombres necesitan para satisfacerlas?

Maya y la mujer se echaron a reír.

—No para nosotras solitas, tontín. Esta es mi mamá. Se ha retirado de *madame* pero está aburrida. En los pueblos las mujeres andan aburridas sexualmente y por eso los hombres van a los burdeles... ¿Sí? ¿Qué tal si hacemos un lugar en donde las mujeres vengan a pasársela bien con otros hombres y a la vez a aprender cómo se hace un buen oral, un culeo, un beso francés...

Xavi la miraba sorprendido pero no podía dejar de pensar en lo rico que lo pasaba con Maya. Corrección: con Maya y su mamá... mamacita.

—¿Un burdel para mujeres?

—¡Ay Xavi, no te olvides que la cosa es educativa! Vamos a llamarlo Batidos del Paraíso. Tú alquila todo el local. Todito. Adelante va la frutería y el mostrador para hacer batidos. Y atrás, pasando la puerta del costado, ponemos el tallercito para que las mujeres de este lugar aprendan a sacarle lo máximo a su ejercicio sexual. ¿O eres un machista que piensa que las mujeres no deberían excitarse rico y pasarla de lo más bien en la cama?

Xavi negó con la cabeza:

—¿Creo en la igualdad de los sexos...? —dijo tratando de adivinar lo que Maya quería escuchar.

—Eso, Xavi, eso. Ya verás que te cambiamos la vida, te la hacemos más divertida, más *sexy*, y encima te hacemos millonario.

—Eso me gustaría...

***

Y así comenzó el original Batidos del Paraíso. Ya llevan docenas de locales abiertos, sobre todo en las ciudades costeras; y aunque no son millonarios, viven bastante bien. Si algún día te cruzas con un local, anímate, entra y pregunta si allí dan clases de "batidos". Lo más probable es que la respuesta sea sí.

Marina LS - 2015

Argentina

Nací el 10 de octubre de 1994 en San Fernando, provincia de Catamarca, Argentina. A los 19 años me mudé a Buenos Aires, capital federal, e ingresé a la Universidad Nacional, en donde cursó la carrera de Edición.

Participé en diferentes concursos internacionales, obteniendo menciones destacadas en el Primer Concurso de Relato Breve FILBo (Colombia) participación en la antología Microcuentos (España) antologías poéticas como Carpa de Sueños (España) y siendo finalista en el Primer Certamen Mundial de Excelencia M.P Literary (EE.UU.) Actualmente me hallo trabajando en mi primera novela.

La noche de la serendipia

No había estado de acuerdo en desviar mis planes de una cómoda velada en compañía de las majestuosas obras de Woody Allen y mis potes de helado de chocolate blanco hacia una escandalosa fiesta, un evento de élite, algo que no podría permitirme con regularidad y que sinceramente no me atraía, pero había llegado a un punto en el que las súplicas de Tony y sus interminables frases como «Nunca haces nada por mí» o «Una relación es de a dos» me habían colmado la paciencia. Accedí solo para que dejara el teatro melodramático que hacía tiempo venía usando muy a menudo.

Cuando mi novio me dijo que se trataba de una fiesta de disfraces estuve a punto de volver a negarme, yo no era del tipo que disfrutaba semejante despliegue innecesario, perfecto para las zorritas que ansiaban mostrar sus perfectos atributos sabiéndose protagonistas de las más morbosas y fogosas imaginaciones de quienes las veían sin ser juzgadas y para los ególatras que deseaban enseñar sus bíceps y sus trabajadas tablas de lavar para subir la temperatura de las solteras y conseguir un ligue fácil, pero no lo hice, pensé que en mi lugar Annie Hall habría accedido, sosteniendo que no vendría mal romper con la monotonía de los últimos meses.

Mi novio era un dolor de cabeza, histérico, prejuicioso y su sentido del humor se había quedado dentro del útero de su madre. Con frecuencia me preguntaba qué rayos hacía yo con un hombre como él, siendo todo lo que yo detestaba en el sexo opuesto; pero había ciertas ocasiones, como verlo esa noche en su disfraz de hombre cavernícola, que me daban las respuestas. Tony era un adonis, tenía una espalda ancha, tersa y suave y yo adoraba dejarle mis rasguños marcados, sus piernas estaban tonificadas y nunca se quejaban a la hora de levantarme y tomarme estando de pie, y esa lengua que tenía, sí, era un músculo habilidoso y ágil, como de otro mundo, el dueño de mis orgasmos más intensos. Tragarme sus monólogos negativos basados en todo lo que lo rodeaba valía la pena si cada noche él y su lengua traviesa me esperaban en la cama.

No podía controlar mi mal humor, una cara fría e inexpresiva se había plantado con fuerza en mi rostro. Me arrepentía de estar allí, usando un ridículo disfraz de pirata, en lugar de estar disfrutando del orgasmo que Tony me había prometido la noche anterior. Todo el grupo de amigos estaba inmerso en una estúpida conversación, Tony parecía un experto en decoración de interiores, su ojo crítico había pasado por las alfombras que, según él, desentonaban con el resto de la ambientación, hasta por las posibilidades que teníamos todos de morir si una de las arañas eléctricas caía sobre nuestras cabezas. A mí me parecía todo muy bizarro pues la fiesta tenía como objetivo recaudar fondos para una obra benéfica; y, sin embargo, allí estábamos todos hablando sobre el nuevo video prohibido de Paris Hilton y el último celular de la marca líder, bebiendo champán en nuestras copas llenas hasta el tope. Internamente me reía de todos ellos, preocupados por su imagen y por no equivocarse al alardear sobre la cantidad de ceros en los cheques que donarían, pero lo que me idiotizaba era ver la desesperante forma en la que intentaban mostrarse mejores que el otro mientras que en mi mente el solo hecho de intentarlo transformaba todo ese circo en una competencia para saber cuál de todos era el peor.

Aunque claramente la fiesta no estaba del todo mal, cientos de cuerpos iban y venían, mis ojos saltaban de un abdomen duro y definido, cubierto por una fina capa de vello aparentemente suave y sedoso, a un par de pechos redondos y adornados con purpurina. Todos eran atractivos y candentes, como salidos de una peli porno, de esas en las que un par empieza a darse placer y a los minutos toda la escena se ha convertido en una masiva orgía, ruidosa y sobreactuada. No pude controlar el sentirme excitada con la imagen y entonces la inapropiada idea de esconderme en el baño para evitarme esas incoherentes charlas y darme el placer que quería recibir apareció, y, pues, no dudé mucho. Me disculpé con todos ellos, besé los labios de Tony para llevarme la sensación de su lengua encima de la mía y me marché con la libido subiéndome a pasos agigantados.

El lugar se había llenado de gente muy deprisa y los roces sin intenciones que recibía mientras intentaba abrirme paso me provocaban temblores en el cuerpo, algo pujaba en mi interior y amenazaba con salirse ahí mismo. Rubios y castaños, blancas y morenas, todo era altamente seductor. Caí en cuenta de que a pesar de estar en pleno invierno había empezado a sudar.

Llegar a destino y encontrarme con el baño atestado de hermosas y atractivas mujeres, vistiendo diminutas prendas, preocupadas por la pérdida del alisado de sus cabellos y con sus banales conversaciones sobre maquillaje me generaron dolor en todas mis zonas erógenas, necesitaba fundirme en aquel calor, dejarme consumir y liberarme o enfriarme rápidamente, y ver a ese grupo no me ayudaba en lo más mínimo.

Sin control sobre mis pasos y mi dirección, llegué a la terraza del edificio, hacía mucho frío y eso justificaba la soledad del lugar, la música retumbaba y se hacía coreografía con las luces de la ciudad frente a mí. Apoyé la espalda en una de las paredes y me subí la falda hasta la cintura, tenía la respiración acelerada y el cuerpo entero me tiritaba reclamando caricias. En cuanto rocé mi carne por debajo de la ropa interior dejé escapar un gimoteo lastimoso, sentía que ya todo me quemaba y aun así deseaba sentirme una hoguera en su máximo esplendor. Mantenía los ojos cerrados presa de mi propio placer, la boca se me secaba de tanto en tanto, las extremidades me hormigueaban y en una de mis más intensas caricias enderecé mi cabeza deseosa de contemplar mi cuadro pero me detuve en aquellos ojos celestes, no muy lejos de mí, que me miraban expectantes. Me paralicé sin ser capaz siquiera de quitar los dedos de mi interior, la escena era hipnótica y, como si una fuerza ajena a mí me hubiese poseído, volví a tomar ritmo sin apartar mi vista de aquel desconocido, desde mi ubicación podía notar sus labios entreabiertos y eso hacía que me excitara aún más. Saberme vista en uno de mis momentos más íntimos lograba ensalzar la adrenalina que sentía. Mis parpados me pesaban y amenazaban con caer pero yo no quería dejar de verlo, de sentirme única, de saber que yo era quien lograba esa expresión en su rostro. Luché arduamente contra la opción de perderme en la oscuridad y me vencí, eché la cabeza hacia atrás e inundé todo con mis gemidos, admiré el cielo nocturno y mordí mis propios labios, estaba tan cerca, solo necesitaba una mirada más de sus ojos. Volví a aquel desconocido esperando encontrarlo en su posición, pero esta vez lo tenía frente a frente. Tenía una máscara negra cubriéndole casi todo el rostro pero sus celestiales ojos y ese par de labios carnosos estaban libres. Sentir el peso de su mano en mi cintura me llevó un paso más cerca y verlo adoptar su nueva posición de rodillas frente a mí me volvió una brasa ardiente en vida. Sabía que estaba mal, que mi novio aguardaba por mí en el interior del edificio, que cualquiera podía estarme viendo en mi estado más vulnerable, que incluso este desconocido podía ser un amigo más de Tony, pero no tenía fuerzas para luchar contra los impulsos y no lo detuve cuando sentí su lengua en mi piel. Estaba tibia y era suave y esponjosa, un jadeo se escapó de entre mis labios y sentí los músculos de mi vientre contraerse anticipándome. Sabía cómo hacerlo, parecía que me conocía y sabía exactamente lo que yo ansiaba, cómo quería que me besara y acariciara, sus movimientos se aceleraban y podía percibir su desesperación. Lo veía venir, me aferré de su corto pelo y clavé mis uñas en la piel de su cuello, delineé la curva de su mandíbula y sentí que llegaba, giré en un espiral profundo y exploté en su boca aún pegada a mi feminidad. Dejé que el clímax me abrasara y que colmara cada parte de mí. Sus manos subieron a mis pechos y los presionó, rodeó mis pezones y los pellizcó suavemente haciendo que aquel orgasmo se prolongara y que yo temiera llorar de tanto placer. Bajé la cabeza sintiendo que me pesaba una tonelada, lo vi por encima de mi busto y distinguí su mano saliendo de su pantalón.

Luego, todo pasó muy rápido, subió hasta mi rostro, relamió sus labios y me besó impregnándome con mi propio sabor, acarició la sensibilizada carne de los míos con su pulgar, su tacto suave y delicado me provocó una serie de agudos espasmos y sin necesidad de palabra alguna lo sellamos todo como un secreto. Volví a la fiesta y me acerqué a Tony rogando que no se percatara del rubor de mis mejillas, claro indicio del mejor orgasmo de mi vida. Él solo me sonrió y traté de devolverle el mismo gesto, pero no pude, un rostro familiar cubierto por una máscara negra se alzó a mi vista: labios carnosos y ojos celestes. Mi fisionomía entera tambaleó y creí perder mis luces, Tony se dirigió a aquel desconocido y supuse lo peor, lo sabría, el desconocido me pondría al descubierto. De repente se quitó la máscara y me vi envuelta en la sorpresa y la fascinación. Tony nos presentó sin saber que ese acto generaría futuros encuentros pasionales y clandestinos. «Ella es mi novia», dijo mirándome. «Mi amor, te presento a mi jefe en edición. La talentosa Emma Díaz». *Sí. Tiene talento*, pensé mientras estrechaba su mano y nuestras miradas volvían a conectarse.

Mariana Rodríguez - 2015

Argentina

Nací en 1973 en San Vicente, provincia de Buenos Aires, Argentina. La lectura y escritura me acompañaron desde la niñez, y definieron mi vocación docente. Soy profesora de Lengua y Literatura, y como tal trabajo en escuelas secundarias públicas de Vicente López, mi ciudad actual.

Desde hace años participo en talleres de escritura creativa. Mi producción literaria es en su mayoría inédita, a excepción de varios poemas que andan vagando en antologías y en blogs de poesía por la web. También participo como coautora en la flamante novela "Ella, la puta" de Ediciones Artilugios, un hermoso proyecto de novela colectiva que desarrolla el tema de prostitución desde la perspectiva de Ella, una mujer que vende servicios sexuales.

Hechizo inesperado

Su marido la está mirando. Tiene un vaso en la mano. Sonríe para darle seguridad.

Laura no quiere. No sabe si quiere. Él sí. Y ella lo quiere complacer.

La otra mujer los mira entre divertida y expectante. Es agradable. Delgada pero atlética. El pelo le cae lacio hasta la mitad de la espalda. Laura siempre quiso un cabello así, pero ni los alisados progresivos, tan tóxicos, se lo concedieron nunca. Se pregunta por qué estará ahí, con ellos. La habían sacado de un aviso. Dijo que lo hacía porque le gustaba. Que siempre lo hacía.

Su marido las está mirando. La imagen se multiplica en los espejos que espían desde el techo y la pared. A Laura nunca le gustaron tantos espejos. Perdía el control de sus imágenes. Lo que lucía bien de adelante, posiblemente no fuera tan grato desde atrás. Pero ahora los espejos eran lo de menos.

La otra se adelanta y la abraza delicadamente por la cintura. Acerca su cara a la de ella. Huele a tabaco con vestigios de alcohol y Laura intenta no fruncir el ceño, pero baja la barbilla y fija la mirada en la alfombra trajinada. La mujer le levanta el rostro y la obliga a mirarla a los ojos. Con suavidad, pero con firmeza, le pregunta si está segura.

Laura vuelve a mirar a su marido. Ante la vacilación de su mujer, él parece al borde de caer por la cornisa de la decepción. Al final ella le dice que sí. Se dice que sí. Y da un paso al frente para que ambos cuerpos se rocen.

La otra le acaricia el pelo enrulado y de un lengüetazo se le mete en la boca. Laura deja que ese pez desconocido nade entre sus dientes y de a poco comienza a devolver el beso. Muy lento las lenguas se reconocen, los rostros encastran, los labios se muerden. Por momentos olvida que es otra mujer. Por momentos olvida a su marido que ya se frota, entre incrédulo y desaforado, por encima del pantalón.

La otra la empieza a desnudar. Sin dejar de lamerle los labios va desprendiendo un botón tras otro con una lentitud exasperante. Cuando la camisa se desmaya en el piso, se acuclilla frente a su abdomen y comienza a deslizar la falda hacia abajo; lento, muy lento. Antes de seguir, se detiene en el pozo oscuro del ombligo y lo inunda de saliva tibia. Tan tibia.

La falda queda anclada en los tobillos. Laura levanta alternados los pies, y olvida ese muerto bollo negro. La otra ahora está arrodillada. Laura siente su aliento en el abdomen, pero no quiere abrir los ojos por miedo de deshacer esa especie de hechizo inesperado. Su marido estará feliz, seguro. Tanto había insistido con ver aquello. Laura no tiene ganas de mirarlo. En cambio sí abre los ojos cuando siente la mojadura titilante por encima del triangulito de tul.

La otra la toma por las nalgas. La lame. Ella acomoda el pubis hacia delante y trata de que quepa entero dentro de esa boca ávida, caliente. La mujer descorre el velo de la ropa interior y se sumerge. Ella empieza a temblar y los gemidos le caen de la boca como frutas pasadas. La otra sabe. Laura se deja ir.

Cuando terminan las contracciones y los centelleos, Laura besa a la otra largo y agradecido, sintiendo como nunca el sabor agridulce de sus propios jugos. En algún lugar de la habitación, su marido habrá gozado, o no. En este momento poco le importa. De todos modos, sólo tenía permitido observar.

Laura mira a la otra a los ojos y le ruega, casi afónica: «Enséñame».

Yovana Martínez Milián - 2015

Estados Unidos

Nació en Cuba en 1970. Es productora de televisión, guionista y escritora. Obtuvo la licenciatura en Dirección de los Medios de Comunicación en La Habana, Cuba. Se exilió en Florida en el 2000, donde ha trabajado desde entonces en diferentes canales hispanos de televisión y en producciones independientes para televisión.

Actualmente dirige su pequeña compañía: Cuban Artists Around The World (CAAW) que promociona, comercializa y distribuye la obra de artistas cubanos residentes fuera de la isla. Para esto está desarrollando sus dos proyectos adjuntos: CAAW Ediciones Erótika (editorial independiente con énfasis en la literatura erótica contemporánea) y Funcionarte (desarrolla y comercializa arte funcional para la casa, la oficina y la vida diaria).

En 2014 publicó el libro de relatos eróticos, "Exorcismo Final", que en la actualidad está en su segunda edición. Uno de los cuentos incluidos en este volumen, "Fotografía de encuentro", fue finalista de la I Edición del Concurso de Narrativa Erótica "Los Cuerpos del Deseo", e incluido en la Antología de Narrativa Erótica "Los Cuerpos del Deseo", (Neo Club Ediciones y Alexandria Library, 2012).

En este momento está terminando su segundo libro de cuentos eróticos, "Cuentos para lobos en noches de luna llena".

Deseos desmedidos

Tus ojos levantan oleadas de calor en mi piel, como si fuera una tormenta solar que va rodando centímetro a centímetro por mi epidermis, pero no me detengo, sencillamente no me detengo. Me encanta quemarme con tus ojos e imaginar que si me hacen una foto con esas cámaras de la NASA, podrán ver cómo suben olas naranjas de mi piel y explotan en burbujas chispeantes de altas temperaturas. Tus ojos me miran desde la puerta abierta, escaneando como un demente morboso cada curva. Mis curvas. Son solo segundos que tus ojos me escanean desde que abro la puerta hasta que me abrazas besándome, besándome, besándome.

«¡Tenía deseos de verte, demasiados deseos de verte!», me susurras en la lengua mientras me besas y me aprietas fuerte, bien fuerte en tu abrazo de oso pelúo. «¡Tenía deseos de verte!». Y yo también, porque esta ausencia ya me engarrotaba el alma. «¡Tenía deseos de verte!». Y me aprietas contra tu ingle, me aprietas fuerte por todos los días sin apretarme. Me aprietas besándome, besándome, besándome por todos los días ausente. Me aprietas las nalgas, las caderas, la cintura, los brazos, me aprietas con tus manos que nunca se cansan de apretarme, de tocarme, que nunca están quietas.

Tengo que cerrar la puerta de un golpe porque imagino vecinos *voyeurs* tras cada ventana iluminada y no quiero compartirte, no esta noche. Está lloviendo, como siempre que vienes. Un aguacero mayamiero dejó la humedad en tu cuerpo excitándome más. Cierro la puerta de un golpe y, sin soltarnos, entramos apretados en el abrazo, besándonos. Tus manos, siempre intranquilas, me abren la bata. Como si fuera un telón, me abren la bata. Te detienes un segundo, un mínimo segundo para mirar mi desnudez bajo la bata roja. Un segundo y es como si verme desnuda te disparara las ganas al máximo. Me halas de un tirón contra ti, me besas con esos deseos de comerme que te entran, raspándome con tu barba a medio cortar y me tumbas en la escalera. Sin piedad me tumbas. En la escalera. Me tumbas.

Te sacas la ropa de un tirón como solo tú sabes hacer, besándome, besándome, besándome. Con tu lengua plena, ancha, que siempre está metida en mi boca. Tu lengua besándome. Chupando mi saliva como un poseso. «¡Tenía deseos de verte!», me dices con tu lengua besándome. La bata abierta sobre la escalera nos sirve de alfombra. Roja alfombra del deseo la bata abierta sobre la escalera. Sobre la bata, sobre la escalera, los dos desnudos apretados, abrazados. Besándome, besándome, besándome.

Agarras mis tetas con las dos manos. Las unes sin soltarlas y te metes los dos pezones en la boca, los dos a la vez. Unidas las tetas con tus dos manos sin soltarlas me comes los pezones, los chupas, los muerdes y tu cadera comienza a subir en velocidad de movimientos circulares. Siento tu pinga restregándose contra ese monte pelado que sé que morderás, porque te gusta morderlo. Siento tu pinga dura que roza mi clítoris por momentos y provoca escalofríos calientes en la vagina. Tu pinga restregándose contra mi monte y tus dos manos uniendo mis tetas en una sola mientras chupas los dos pezones sin soltarlas. Mi cabeza hacia atrás, recostada en un escalón sobre la bata roja. Los ojos cerrados, la boca abierta, la saliva inundándome la garganta y los gemidos estremeciéndome como si tuviera convulsiones.

Sueltas mis tetas y agarras mis dos muslos. Los abres de un golpe y miras mordiéndote la boca, riendo. Mis labios abiertos, la vagina mojada, el clítoris inflamado. Abierta. Miras mordiéndote la boca y te lanzas sin pensarlo. Te lanzas a morder la carne como un animal ansioso de sentir la sangre entre sus dientes, la sangre caliente rodar por tu garganta mientras destrozas la carne a dentelladas. Te lanzas y muerdes con deseos. Muerdes y pasas la lengua, muerdes y pasas la lengua, muerdes y pasas la lengua, muerdes y pasas la lengua hasta que te quedas pasando la lengua, pasando la lengua, pasando la lengua, pasando la lengua. La lengua que después se cuela completa por la vagina abierta y mojada. La lengua que rodea al clítoris y lo lame, lo lame, lo lame sin misericordia, sin piedad, infinitamente.

Abres los labios con tus dedos. El clítoris. La carne. Tu lengua. Siento que la oleada de calor penetra de mi piel hacia los tendones, los músculos, los huesos, las entrañas. La oleada de calor que prende fuego desde la punta de tu lengua hasta mi clítoris que bajo tu lengua no puede más y devuelve la oleada de calor en escalofríos-escalocalientes a la vagina. No puedo más. Con mi pie rozo tu pinga dura. Con los dedos de mi pie rozo tu pinga dura. Me detengo y regreso a rozar con los dedos de mi pie tu pinga dura. Tu pinga dura con los dedos de mi pie como si te masturbara suave. Tu lengua enloquece lamiendo mi clítoris. Tu lengua enloquece con los dedos de mi pie que roza tu pinga dura.

No puedo más y la oleada de calor retorna del clítoris a la punta de mi lengua. Revienta en un grito brutal mientras me vengo desbordada en tu boca que me chupa sin perdón. Mi vagina se desata en contracciones y se vuelve sensible al roce, tú lo sabes, y es el momento que aprovechas para abusar. Con tu boca mojada de mí me besas otra vez sin pausa mientras me metes la pinga con una mano. De un gesto rápido me metes la pinga con una mano. Mi vagina sensible se contrae y expande para recibirte. Me clavas contra un escalón, sobre la bata roja. Me clavas bien adentro mientras te agarras de la escalera para hacer palanca y meterte completo. Me clavas con esa pinga dura que siempre me toca no sé qué punto por allá adentro que borra mi memoria y me vuelve toda nervio. Me clavas besándome, besándome, besándome con la boca abierta, la lengua ancha y raspándome con tu barba a medio cortar.

No espero tu orden y te aprieto las nalgas contra mí, los hombros. Te aprieto. Te mueves como un endemoniado que tuviera agua bendita en la piel. Me abrazas fuerte y me clavas. Te aprieto sin esperar tu orden. Te aprieto. Y tu pinga taladra hasta el cerebro borrándome la memoria. Amnesiándome toda antes del apagón total. Me clavas y te aprieto. Los dos abrazados, sobre la bata roja, sobre la escalera. Mi vagina pierde la cordura en contracciones de sensibilidad post-orgásmica y siento que la oleada de calor regresa desde mis entrañas. Regresa y sale en otro grito brutal tras la venida que revienta por el clítoris, el estómago, la garganta, sobre tu grito y tu leche que se dispara hasta mi útero como una bala lanzada por un inmenso cañón.

«¡Oeeeeeee!». Tu voz me trae de vuelta. «¿Oeee qué se cuenta?», gritas. Tu voz me trae de vuelta y abro los ojos. Sentada en el sofá de mi casa, abro los ojos. Estas ahí, del otro lado del teléfono, lejos, mar por medio, y tu voz me trae de vuelta. Me levanto mientras te hablo y miro la escalera donde toco tu silueta fantasma acostada sobre mí y maldigo estos deseos desmedidos de tenerte. Tu voz me trae de vuelta y quiero contarte que hace un segundo, solo un segundo, mientras esperaba comunicarme, te soñé despierta. Soñé que llegabas de tu lejanía y me clavabas sobre la escalera bajo un aguacero de madrugada. Apretados los dos, besándonos. Quiero contarte, pero me enumeras las últimas noticias, los avances de tu gestión y de tus escritos, y termino dándote ánimo, escuchándote, preocupándome por ti, por tu salud, por tu escasa alimentación, por tu estrés. Hasta que nos despedimos nuevamente y me quedo sola en medio de mi casa, con tu voz en mi cabeza. Sentada en el sofá. Sola.

Siento que debí contártelo y maldigo estos deseos desmedidos por ti que no te cuento para que no te asustes, y mientras acaricio tu silueta fantasma sobre mí en la escalera, escucho. Afuera rompe un aguacero mayamiero, real, allá tú estabas sofocado por un sol implacable. Escucho y maldigo estos deseos desmedidos por ti que no te cuento. Sola en medio de mi casa con un aguacero real afuera. Sentada en el sofá. Sola. Estos deseos desmedidos por ti. No te cuento. No te asusto. No te asusto, no te cuento. Llueve deseos desmedidos.

Charlie Becerra - 2015

Perú

Nació en Lima, Perú, en 1989. Pudo haberse convertido en una de las grandes mentes criminales de nuestro tiempo o en un *rankeado* narcotraficante. En cambio, se hizo publicista.

Abandonó la Pontificia Universidad Católica del Perú justo a tiempo. Hace cuatro años fundó Grace Navarra, su propia agencia de publicidad.

De niño fue un gran aficionado a las mentiras, hoy las escribe.

Vive en Trujillo con su esposa y sus dos hijas.

Buena, Javicho

Ahí estás otra vez, Javicho. Y sonabas tan convencido la última vez, hasta le hiciste creer a Nando que ahora sí cambiabas, que ahora eras otro, que no peloteabas. Pero mira dónde has venido a parar. Calato, tirado mirando el techo y oliendo el aroma a detergente barato de las sábanas del telo al que siempre regresas. Regresan.

Ahora pues, abrázala, dile amorcito, dile que no hay día que no pienses en ella y que si no llamabas era por el trabajo del demonio que no te deja ni respirar y la bruja esa que te abusa. Aunque achispado, el discurso te lo sabes al dedillo. Pero no pues, después del polvo la cosa cambia y esa sensualidad que te drenaba un torrente de sangre a la entrepierna, ahora solo consigue revolverte las vísceras y provocarte una náusea caleta. La regaste, Javicho. Estás de malas.

Quién se iba a imaginar que la chola se iba a cruzar justo por la fonda donde regabas la garganta con los muchachos. Llegó ligerita toda ella, y tú que no querías. Pero la chola te conoce, se esperó a que las cervecitas te pusieran contento, parlanchín, machito y caíste redondito. Y ahí estaban tus compadres que para alcahuetes no les gana nadie y se hicieron los sonsos, los que veían para otro lado cuando chapabas de lo lindo y te olvidabas de la hora, que te esperaban en tu casa. Justo la bruja de la que hablabas, que el primo se le casa y el terno ya te lo tenía listo, al mismo tiempo en el que la chola te estampaba el primer pico. Estás de malas, Javicho. Y pensar que hace tres horas eras un santo, eso creías.

Caballero, te bailaste el bolero y lo hecho está hecho. Cierras los ojos y por un segundo te gustaría retroceder el tiempo, pero eso solo te hace sentir más idiota. Mejor te vas vistiendo. Tanteas sobre la mesita de tu costado y sin querer tiras tu billetera al piso, derramando tus papeles y los residuos de tu quincena que se fue naufragando en un mar de cerveza. Sigues tanteando pues no das con tu reloj. Por fin lo encuentras debajo de un calzón que ya no tiene la misma gracia que hace un par de horas, cuando la chola lo llevaba puesto y te lo querías devorar. La hora te sienta de un brinco, deberías estar en tu casa hace ya un largo rato.

La chola está en un ronque bárbaro y te desesperas. Si en dos minutos no despierta la vas a agarrar a guantazos. La sacudes cada vez más fuerte, sientes cómo tus dedos se hunden en la carne, esa misma que te gustaría que fuera tan desechable como el jebe que acabas de usar. Cada segundo que pasa la aborreces más y te ves tentado a dejarla botada como un desperdicio por el cual no estás dispuesto a responder. Tranquilo, Javicho, ves cómo comienza a abrir los ojos, no estaba muerta, pero ojalá lo estuviera, ¿o no? Con tanta sacudida las has asustado, pero se le pasa rápido, ella conoce la rutina tan bien como tú.

Te has cambiado como bala y ruegas por que no estés olvidándote de nada, salvo tu dignidad hecha migajas en el miserable colchón de media plaza. Una vez más te trajeas con tu apariencia de marido ejemplar, pero tu miserable sustancia atufada te va a seguir por un par de noches más. Estás hecho.

En un pestañeo ya estás en el carro, loco por pisar el fierro a fondo y la chola que se demora horas. Ahí está por fin. Se ve distinta, ¿no, Javicho? Ya no se ve tan rica como antes, pero ya sabías que esto iba a pasar desde que entraron al cuarto, ya la veías venir. Te consuelas pensando que lo mismo les pasa a todos, pero lo único que sabes es que a ti te pasa todo el tiempo. Por lo visto ella tampoco se siente de lo mejor. De frente se subió al asiento trasero como quien toma un taxi cualquiera. Seguro tú también te ves distinto, compadre.

Finalmente saliste de la cochera, y te parece haber visto que el guardián te miraba y se reía. Qué vas a hacer, Javicho, lo quieras o no, es tu cómplice. Él es el que te dice pasa, amigo Javicho, pasa y trampea, la vas a pasar bonito, yo cierro la puerta y no te ve ni Dios, yo te cuido para que trampees tranquilo, hasta la cañita te la cuido, todo por un pesito, amigo Javicho. Sí pues, con todas las veces que has venido, bien podría ser el mejor de tus amigos.

Bajas la ventana para que entre el aire y ventile el interior de tu Volvo, disolviendo tu remordimiento o por lo menos enfriándolo. Ya estás a cuatro cuadras del telo. Volteas una esquina y ya no lo ves más. Hasta nunca, dices. Dices.

La regresada siempre es la misma, nunca se hablan y cada quien mira por su ventana, regalándose el uno al otro un silencio cínico y culpable a la vez. Ni siquiera es necesario que te diga dónde se quiere bajar, ya sabes que detrás del grifo, ese que jamás estará en ninguno de tus demás recorridos. Por ahí no pasa tu vida.

De rato en rato le echas una ojeada por el espejo retrovisor. Con el aspecto que tiene no se sabe si le han hecho el amor o le han pegado, igual el maltrato da para ambos. Ya ves, a los dos les gusta verse sufridos después de sentirse queridos. Sino para qué la molestia. La chola se nota medio mareada todavía, y ves que se pone a cabecear. Mejor aceleras, Javicho, que si se duerme en el carro va a ser otra jarana y esta vez sí la dejas tirada por donde caiga. Te cuadras como principiante y ni siquiera miras cuando la chola se baja y te azota la puerta, estás más preocupado por reconocer un rostro familiar, o peor aún, que ese rostro familiar te reconozca y tú no te des cuenta. Volteas y ya no está. Te basta con eso y sales embalado. Tranquilo, Javicho, casi te llevas al canillita encima del carro. Disculpa, chibolo. Lo entenderás cuando trampees.

No quieres ni mirar el reloj, no podrías estar más retrasado. Felizmente no hay mucho tráfico. ¿Felizmente? ¿De verdad quieres llegar a tu casa? El canillita te ha dado una idea. Fingir un accidente no parece muy complicado. Con tanta bestia al volante ya es cosa de todos los días, y no sería difícil encontrar uno que te haga el favorcito de cerrarte un cruce. O puedes darte un buen tope con un poste, igual no te vas a matar. Ves el alumbrado público con el mismo antojo que lleva un can con la vejiga llena. Este no, mejor el otro, mejor el que viene. ¡Guarda, Javicho! Por distraído casi te matas de verdad. Mejor te vas despabilando porque no te falta mucho para llegar.

Y como que ya estás en tu cuadra. Desde lejos reconoces tu casa y estás justo a tiempo para ver salir al búfalo en el que se ha convertido la bruja, perdón, tu mujer. Apagas el carro y una vez que el motor se ha callado, los gritos que te lanza desde la puerta se oyen, ahora sí, claritos. No te imaginabas que estaba tan asada, ¿no, Javicho? Mal que bien, tiene razones para dispararte adjetivos e insultos en parejitas, como agarraditos de la mano: borracho-desconsiderado, lagarto-tardón, hombre-desgraciado tenías que ser.

Pero si te estaba esperando horas, Javicho, y se puso toda guapita porque quería impresionar a la familia con su vestido nuevo, ya que su marido no es motivo de orgullo desde hace tiempo. Lo siento, mi vida. Me demoré con un papeleo. Pero ya llegué y me cambio rapidito. Me baño, me cambio y nos vamos, te apuesto que ni comienza. Pero que linda que estás, mi… ¡Plaff! Te volteó la cara. Con el primer tortazo basta. La Lupita te conoce, o crees que los insultos te los dice por decir. Todos los calificativos que oyes cada vez que le haces este tipo de perradas son el producto de un sesudo análisis previo, de una ponderación marcial que recoge todos aquellos defectos que tu condición de cónyuge ofrece. Así que la primera bofetada siempre es para hacerte recordar que ninguna de tus palabras le llegan tan fuertes y claras como el tufo pestilente que te precede. Cuando por fin reaccionas, la Lupita te está esperando en el carro. Apúrate, Javicho, te han dado cuatro minutos más de vida. A la ducha, compadre.

Mientras te bañas, y una vez que sabes que lo peor ya pasó, te dejas llevar por la sensación de relajo que siempre te produce el agua fría después de una bomba. Por el lado bueno está que por el apuro Lupita piensa que lo de esta noche es solo una de las borracheras de toda la vida, y lo único que en realidad quiere es llegar cuanto antes a la ceremonia. Ver cómo tu lengua desesperada se traba y tropieza dentro de tu boca por hilvanar excusas que ni un niño creería, la tiene sin cuidado. Por segunda vez en lo que va de la noche te has cambiado como bala. Parece que alguien no soportara ver tu desnudez mediocre; muy a diferencia tuya, que te gusta modelarla por hostales y bulines. ¿De verdad te quieres, Javicho? ¿O simplemente te usas a ti mismo? A lo más te entretienes y ahí nomás. Suficiente. Tampoco eres muy exigente.

Baja, Javicho, baja. Baja las escaleras rapidito. Ahora que ya estás limpiecito y bien perfumado. Ya quieres llegar a la fiesta. Quieres que Lupita con la emoción del momento se olvide la cólera; y si ella se olvida, tú por qué no. Parece que una vez más la hiciste suavecita y te saliste con la tuya, jugador. Ese es mi Javicho. Ese eres tú. Subes al auto, giras la llave, prendes la radio y te fuiste. Lupita aún no te habla pero por lo menos la frente ya no la tiene arrugada. Cambias la emisora para escuchar una buena salsita, como a ella le gusta. Cada detalle cuenta y mejor ir asegurándose para que cuando lleguen a la iglesia, entren de la mano, como salieron la última vez. Claro que jamás tan felices.

Sigues conduciendo y te sobresaltas al ver que casi no te queda gasolina. En cualquier momento te quedas varado y ahí sí que todo se va al diablo. Tan bien que ibas. Le comunicas a Lupita que van a tener que hacer una parada en el grifo para echar un poco de combustible, y era fácil prever cómo iba a reaccionar. Ves cómo la furia nuevamente comienza a enrojecer las orejas de Lupita. ¡Animal! ¡Pero si serás bestia! Cómo se te ocurre andar con un sol de gasolina. Claro, te olvidas de echarle su gasolina al carro, pero de llenarte la guata de cerveza hasta el tope no te olvidas. Tan bien que ibas, compadrito. A pesar de lo aturdido que te sientes por la nueva camada de insultos que Lupita te acaba de aplicar en el tímpano, consigues llegar al grifo. Por lo visto hay cosas que te persiguen en este día. ¿Acaso no dejaste a la chola en un grifo hace un rato? Ves, ya la estás recordando.

Te bajas para abrir con tu llave el tanque de combustible, sintiendo cómo la mirada de tu mujer te va horadando la nuca. Ya es hora de ir renovando modelo, Javicho. Introduces la llave y apenas has abierto la tapa cuando tu mirada se ha detenido a ver un par de pasajeros que no sabías que llevabas a bordo: justo bajo tu asiento asoman un par de zapatos de tacón alto. Estás congelado y unas gruesas gotas de sudor han comenzado a perlar tu frente. Justo cuando tus piernas están a punto de desvanecerse, reaccionas y pides tanque lleno, ante lo cual la réplica de Lupita no se hace esperar. ¿Cómo que tanque lleno? ¿No te das cuenta de la hora? Pero mi amor, entiende. Es mejor tenerlo lleno de una vez… Ya no te esfuerces más, Javicho. Ya ni siquiera te está mirando. Bueno, es hora de desempolvar tus dotes histriónicas y poner en marcha una maniobra descabellada. Abres la puerta trasera, muy cerca de los zapatos, y te sientas. Según tú a esperar a que llenen el tanque. Uf, que cansado estar parado y esto tiene para rato. Aún no puedes creer que hayas sido tan despistado de no revisar bien el auto en busca de huellas que te incriminen. Claro, pues, la chola esa estaba más volada que tú que hasta de sus zapatos se ha olvidado. Chola desgraciada, vas a ver ahora sí como no te llamo, te dices. El enojo de Lupita, una vez más, no te defrauda y no se digna a mirarte.

Mientras tanto, muy lentamente, estiras tu mano para tomar suavemente los indeseados polizontes. Una vez que los tienes pendiendo de las yemas de tus dedos, y con la precisión propia de un cirujano, consigues situarlos en tierra firme. Ahora sí, hasta nunca. Es la última vez que te vas al telo con todo y caña. Perdón, es la última vez y punto.

Vuelves a subir al auto como si nada, pagas y arrancas a toda velocidad. Antes que el encargado se dé cuenta de que has olvidado algo. Pero antes de alejarte más, recuerda bien este grifo, para que nunca más vuelvas a pasar por aquí. No vaya a ser que te guarden los benditos zapatos para dártelos la próxima vez que vengas. Para que veas que no siempre la atención y el buen servicio le hacen bien a uno. Los siguientes cinco minutos miras de reojo a Lupita sin parar. Tratando de atisbar algún indicio de sospecha en su actitud. Al parecer no se ha ganado con nada y solo sigue enfadada porque cree que van a llegar precisos para tirar arroz a la salida. Justo cuando están a punto de llegar, compruebas con alivio que tu ritmo cardiaco ya no parece el de un equino. Tranquilo, Javicho. Ves que no pasó nada. Solo que para la próxima debes tener más cuidado. Sí, ya, ya, para la próxima será.

A una cuadra ya puedes ver que la fila de autos es enorme. Parece que la fiesta va a estar buena y que el primo tenía su guardadito para haberse animado a invitar a tanta gente. Te estacionas al último de la fila, aguzas el oído y al parecer la ceremonia aún no ha comenzado. Ya ves, amorcito. Y tú que te desesperabas por llegar, todavía no comienza. Te dije, Lupita. Se te dibuja una sonrisa al ver que ella se sonroja. Ya sabes como soy, pues, sonso. No me gusta llegar tarde. Y como si la paz y el amor irradiaran alrededor de la casa de Dios, todo parece arreglado. Bajas del auto y te regalas un buen suspiro de aire fresco. Ya te sientes listo para entrar a la iglesia, con tu conciencia tranquila, ya que tu mujer no ha de sufrir hoy por descubrir tus infidelidades. Le estás ahorrando un tremendo dolor a tu Lupita. Eres un santo, compadre.

Te extrañas al darte cuenta que Lupita no ha bajado aún del auto. Te asomas a la cabina y la encuentras con la mitad del cuerpo en la parte trasera del auto. Al parecer está buscando algo. Instintivamente, tus sentidos se ponen en alerta. ¿Qué haces, amorcito? ¿Qué sucede? Ella voltea y te mira preocupada. Le devuelves la mirada con una expresión aún más grave. ¿Qué pasa, Lupita? Dime. Aún sigue callada por un instante antes de traducir su angustia en palabras: «No encuentro mis zapatos».

Te quedaste frío. Te lo dije. Estás de malas, Javicho.

Noa Xireau - 2015

España

Nací en Alemania (Weissenburg, 1971), actualmente vivo en el sur de España.

Adicta a la lectura, romántica empedernida y soñadora sin remedio, di mis primeros pasos como escritora en el 2014. Escribo literatura erótica y romántica en cualquiera de sus vertientes, aunque disfruto especialmente con la paranormal.

Finalista y ganadora en varios premios, he participado en las antologías: *Te veré en el clímax y otros relatos pecaminosos* (Pukiyari Editores, 2014); *Un paraíso en el paraíso y otros relatos* (Editorial Reino de Cordelia, 2015). Durante 2015 he colaborado con el *Periódico Irreverentes* de Madrid y actualmente tengo suscrito un contrato con la Editorial americana Ellora's Cave, con la que está previsto que salgan dos de mis novelas antes de las navidades del 2015.

Más información: www.noaxireau.com

Secretos entre cortinas

A través de la pared de cristal, la ciudad se extiende ante mí en su más absoluta y vulgar cotidianidad. Ni siquiera la mágica belleza del alumbrado nocturno, que siempre me ha fascinado, es capaz de evitar la sensación de sentirme pequeña, casi nada, devorada por tanta inmensidad. Odio esa sensación, esa impresión de ser nadie, de que los ojos pasen a través de mí como si fuera aire o, como mucho, que se detengan en mis imperfecciones llenos de burla.

¡Mírame! ¡Mírame, mundo, porque quiero que me veas!

Dejo que el albornoz se deslice por mis hombros cayendo en un montón abandonado a mis pies. El aire frío sobre mi piel, aún húmeda de la ducha, me estremece y siento cómo mis pezones se fruncen, endureciéndose al contacto. Sigue sin fijarse nadie en mí, pero resulta liberador mostrarme al mundo tal cual. No soy perfecta, pero soy. Tampoco puedo presumir de ser *sexy*, aunque no por eso me siento menos mujer.

Por la calle pasa gente sin apenas detenerse, sin apreciar lo que tienen a su alrededor. Cada cual metido en su propio universo, en sus problemas. Algunos con tanta prisa que parece que estuvieran perdiendo el tren de su vida; otros, extraviados, como si buscaran una señal que les indique el camino a seguir. Nadie mira hacia arriba. Nadie me ve.

A pesar de las horas, aún están los que trabajan. El camarero de la hamburguesería limpia las últimas mesas, probablemente deseando largarse cuanto antes; el hombre de la limpieza, al que le han robado las noches para que los mismos ciudadanos que ensuciaron las calles se las encuentren limpias al amanecer, barre las aceras; también está la prostituta de la esquina, hoy algo escasa de clientes, que enfrenta con barbilla alta y hombros echados para atrás a la señora que pasa rápidamente, arrastrando tras de sí a un desconcertado perro. ¿Qué pensaría esa señora de mí si ahora alzara la vista?

Reviso las ventanas del bloque de apartamentos que hay frente a mí. Las escenas que encuentro son tan rutinarias que las conozco de memoria: La ama de casa del segundo fregando los platos de la cena; la pareja de gays sentados juntos ante el televisor con su copita de vino en la mano. Siempre me he preguntado de qué hablan cuando están así. ¿De cómo les ha ido el día? ¿De cuánto se quieren? ¿De qué harán cuando sean mayores? El calvo rellenito del primero está como de costumbre con su portátil, no sé si trabajando o enganchado a algún juego... ¡Y ahí está mi favorita! La chica que aprovecha el empleo nocturno de su madre para traerse al novio a casa. Nunca he sabido muy bien si sentirme fascinada o envidiosa de su pasión juvenil, de su incansable libido, de su bendita inconsciencia o simplemente de la libertad que les permite hacer el amor en cualquier parte de la casa sin preocuparse de si alguien los está observando a través de las cortinas abiertas.

Ahí están, besándose desesperados contra la pared del cuarto de baño, indiferentes a ojos como los míos espiándoles con secreta codicia. No hay perversión en ellos, solo deseo y urgente necesidad; quizás también amor, porque al fin y al cabo están en la edad para ello. Se les ve hermosos allí, en su perfecta juventud. Ella, con el cabello teñido de azul cayéndole hasta el trasero, sus pequeños y firmes pechos reluciendo tan blancos que casi parece una muñeca de porcelana; y él, con sus ya marcados músculos, moviéndose ansioso contra ella.

Intento imaginar lo que sería sentir los fríos azulejos del baño contra mi espalda, mis piernas rodeándole las caderas cuando me sujete por el trasero, a él llenándome una y otra vez... Podría odiarla por poseer lo que yo desearía para mí, por ser centro de atención y adoración, y también de envidia, porque no sólo es él, también soy yo quien está pendiente de ella.

Exhibirme en mi más absoluta desnudez ante el mundo ya no es suficiente. En mi interior se despierta el placer de sublevarme ante su indiferencia. La idea de lo prohibido y morboso me seduce. *¿Quieres ignorarme? ¡Inténtalo!*

Con la punta de mis dedos repaso el contorno de mis pechos, la piel estremecida, mis pezones duros que se levantan tan orgullosos como yo. Se siente bien, pero aún lo hace más el placer de lo proscrito. Necesito más. Uso mis palmas para cubrir mis pechos, tomar consciencia de su generoso peso, para amasarlos… Mis párpados se cierran con deleite al tiempo que el primer amago de calor se extiende por mi bajo vientre. ¿A quién pretendo engañar? Verlos haciendo el amor ya dejó huella entre mis muslos, aunque ahora se siente mejor. Mucho mejor.

Al abrir los párpados me encuentro con el adonis del piso de enfrente. Está allí en la ventana, igual que yo, quieto, observándome. Me hace dudar. Mi yo rebelde se resiste a parar. Recorro su musculoso torso desnudo con mis ojos. No es la primera vez que nos confrontamos. Él nunca fue tacaño con lo que me deja observar a través de sus cortinas, ni con las fantasías secretas que me regala para pasar mis noches solitarias. Chupo mis dedos para humedecerlos antes de regresar a mis pezones, demostrándole a mi apuesto *voyeur* cómo disfruto de esa pequeña dosis de dolor al pincharlos y estirarlos.

Me responde. ¡El hombre de mis fantasías me responde! Veo las masculinas manos abriendo con calma los botones del vaquero. Su atención permanece fija en mí, confirmándome que está allí conmigo, por mí. Devoro con la mirada cada centímetro de piel que va descubriendo y sigo cautivada por los hipnóticos movimientos de sus manos. Su exultante demostración de virilidad invoca mi más primitiva y básica feminidad, reclamándome que lo seduzca, que lo marque tan profundamente que jamás olvide a la mujer que esta noche le dio placer. No necesito plantearme cómo. Son mis manos, mis dedos, mi lengua, mi cuerpo entero quienes toman la iniciativa para seducirlo, para atraparlo en mi red y proporcionarme el placer que anhelo.

Me pierdo en el momento, entre mis sensaciones. Él me consiente con paciencia, esperándome, aunque su mandíbula está apretada y su cuerpo brilla con una fina capa de transpiración. Sé que me desea, pero sigo necesitando algo más. Mis ojos regresan por un instante a la calle. ¿Sigo siendo invisible?

El carrito de la limpieza está abandonado al lado del buzón. A solo unos metros, escondido en el portal, distingo el chaleco fosforescente del hombre que lo llevaba. Lo conozco. Trabaja en este barrio desde mucho antes de yo mudarme aquí. Es un hombre algo mayor que siempre me dedica un silencioso saludo al pasar. Apenas levanta su rostro y rara vez sonríe, aunque siempre responde con un amable cabeceo. Ahí está ahora, con la cabeza reclinada contra el umbral. Su mano ha desaparecido dentro del pantalón. Me mira. Me ve de verdad. Me estremece la morbosa idea de saber que mañana al cruzarnos me recordará desnuda y sensual, que me reconocerá como la mujer que le ha regalado este extraño instante de intimidad. Porque lo hará, ¿verdad? Mis dedos se deslizan dentro de mí, profundo. El placer me doblega hacia delante y suelto un jadeo. Él se pone rígido, despegando la cabeza de la pared. Soy el centro de su universo y está esperando que yo estalle para él, pero aún no, aún no es el momento.

Una repentina actividad en la hamburguesería llama mi atención. Alguien está abriendo la puerta trasera. Me tenso pensando en un ladrón; pero no, es sólo el camarero con ¿la prostituta? No entra, tampoco cierra la puerta; sólo la usa como escudo para cubrirse ante los cada vez más escasos transeúntes. Trago saliva cuando gira a la prostituta hacía mí y alzando sus ojos hasta donde estoy, comienza a tocarle los pechos de forma posesiva. Es algo rudo, pero me excita su urgencia, su deseo descarado.

La luz se enciende en uno de los ventanales. Me detengo. Es Isabel, quien entra en su apartamento, soltando de forma descuidada el abrigo de diseñador que ha debido costarle dos meses de sueldo sobre el sofá. A veces me pregunto cómo una simple peluquera puede permitirse esa clase de lujos pero, a decir verdad, en Isabel nada es sencillo. Ni lo es su llamativa cabellera cobriza, ni su alucinante figura de modelo, ni mucho menos su elegante indiferencia ante todo.

Isabel se acerca a su ventana. Doy un acelerado paso hacia atrás. Siento un nudo en la garganta y ganas de esconderme, pero es una de esas ocasiones en que cuanto más ansías huir más paralizada te quedas. Ella hace el amago de cerrar las cortinas, pero al verme se detiene. Las dos nos quedamos contemplándonos la una a la otra, evaluándonos. Ella abre las cortinas con un gesto decidido. En la forma en que me ojea hay un cierto reto. Al enarcar las cejas y fruncir los labios puedo imaginarme su pregunta:

—¿Qué? ¿Vas a atreverte conmigo?

Odio su forma de tratarme como si yo fuera poco más que un ratoncito de biblioteca. Alzo la barbilla y regreso al ventanal. Isabel permanece quieta, expectante. Nos mantenemos la mirada. Ella levanta los brazos, deshaciendo las tiras detrás de su cuello y deja que el largo vestido se deslice por su cuerpo hasta el suelo, quedándose ante mí con nada más que su atrevido liguero de medias negras, su diminuto parche de vello cobrizo y, cómo no, sus vertiginosos zapatos de tacón de aguja. Mi vientre se encoge y siento el calor derramarse entre mis piernas. Isabel es bella, casi perfecta en su altivez. La escena parece poco más que sacada de una película erótica de la época del blanco y negro.

Acepto su reto regresando a mis propias caricias. No sé muy bien si es a ella o a mí a quien quiero demostrar que mis curvas no tienen nada que envidiarle a sus elegantes líneas estilizadas, al mostrarle mis pechos llenos y sensibles. No por ser menos perfecta soy menos mujer. Mi curiosidad por ver cómo responde es más fuerte que mi vergüenza ante ella. Mueve los labios como si hablara en voz alta. ¿Qué dice? ¿Está hablando con otra persona? Mi mano se detiene. Tardo en descubrir… ¿un hombre moviéndose a cuatro patas hacia ella? Está desnudo excepto por un collar y una máscara negra que le cubre toda la cabeza. ¿De dónde ha salido? Encuentro algo extrañamente familiar en él, pero no consigo adivinar qué es. Trae algo en la boca y se lo ofrece a Isabel. ¿Una fusta?

Mis dedos acaban por recorrer los escasos milímetros que les faltan para deslizarse dentro de mis resbaladizos pliegues. Un morboso estremecimiento me recorre al seguir la escena que se va desarrollando ante mí. Isabel usa la fusta para dibujar una parsimoniosa caricia sobre el cuerpo del hombre mientras pasea a su alrededor. Parece una gata jugando con su ratón. Por las ojeadas que me echa no estoy segura de si el ratón es él o yo. ¿Importa?

Me excita su atención en mí casi tanto como la pecaminosa escena que me ofrece. Le tira la cabeza hacia atrás y le obliga a mirarme. Ojalá pudiera ver su expresión, pero la máscara me lo impide. Tengo que conformarme con comprobar la reacción de su cuerpo expuesto ante mí, pero es suficiente. La diosa en mí se despierta. No me importa si lo que le ha puesto duro es verme desvestida o el que yo lo esté viendo en su más humillante desnudez.

Se gira cuando Isabel da otra orden. Con las rodillas abiertas y las manos a su espalda acaba con el rostro hundido entre las piernas de ella; pero no es eso lo que me llama la atención, sino el tatuaje que le asciende por el codo hasta el hombro. ¿No tiene mi jefe uno igual?

La curiosidad me embarga. ¿Qué otros secretos hay detrás de cada una de las cortinas? El último piso está a oscuras, a excepción de una diminuta luz rojiza que cada cinco segundos se mueve ligeramente, se para, se ilumina, y regresa a su lugar anterior. Es el piso de la escritora en silla de ruedas. Sé que vive allí más por el chismorreo de la gente que por otra cosa. Es una ermitaña que deambula en su propio mundo. Me molesta que se esconda ante mí. Sé que está observando y no aparto mis pupilas de su ventana. Abriéndome a ella, dejo que mis dedos jueguen con mi clítoris en rápidos círculos que me hacen gemir. *¿Quieres mirarme? ¿Verme? ¡Aquí me tienes!*

Una lamparita se enciende. Apenas puedo adivinar el rostro de la mujer madura que me observa tomando una profunda calada de su cigarrillo. Pero no importa. Ha tenido la deferencia de mostrarme que está ahí, de admitirlo. Me basta. Ella alarga la mano hacia la lámpara y yo escaneo el resto de las ventanas.

El piso del señor calvo ahora está a oscuras, aunque las cortinas entreabiertas se mueven sospechosamente. Me hace sonreír. También en el salón de la pareja gay se ha apagado la luz, sin embargo me basta la escasa iluminación del televisor para adivinar que aún siguen allí y que no es un documental lo que están viendo.

Una nueva ventana está iluminada. Es el piso de mi compañera de torturas, Carmen. Nos martirizamos practicando *spinning*, haciendo dietas y comparándonos con las demás. Los hombres pasan por su vida a la misma velocidad que un tren por una estación sin paradas. A ella parece no importarle que el desconocido que la embiste desde atrás la haya desnudado en nada y la haya inclinado contra la ventana. A mí desde luego que tampoco.

Ahora, al verla ahí, me planteo para qué nos sometemos ambas a tantos suplicios por gustar a los demás. Se la ve bellísima así, con sus ojos brillantes, las mejillas sonrosadas y los voluminosos rizos negros rebotando al mismo ritmo en que lo hacen sus exuberantes pechos. Es *sexy* en toda su generosa feminidad, en la forma en que se entrega al placer sin ocultar nada. Casi puedo oír sus gemidos al son en que su última cita se pierde en ella una y otra vez. Mis dedos copian sus movimientos, su velocidad. Los ojos de

Carmen se encuentran con los míos. Nuestros deseos son los mismos, la necesidad la misma. Imagino ser ella. Sentir cómo me embisten desde atrás. Cómo me sujetan fuerte mientras buscan atravesarme y hacerme suya.

Mis ojos regresan al adonis que me ha esperado pacientemente. Veo sus labios moviéndose:

—¡Ahora! ¡Córrete para mí!

Me da igual si es él o mi imaginación la que me lo ordena. Mi cuerpo se convulsa dejándose arrastrar por la exquisita explosión. Con los dientes apretados y la cabeza echada hacia atrás mi adonis me acompaña en el trayecto, pintando con blancos chorros su cristalera. Mis ojos regresan a Isabel, que chilla su éxtasis a los cielos empujando frenética sus caderas contra la boca del esclavo; al hombre de la limpieza, que inclinado hacia delante ha perdido la modestia y se desahoga con bruscos movimientos sin importarle quién pase delante del portal; al camarero, que ahora tiene a la prostituta arrodillada frente a él y la hace ganarse el dinero que cobra… La ama de casa ha desaparecido, sustituida por el marido que enfebrecido parece llevar a cabo un extraño baile detrás de la encimera; incluso la parejita de jovenzuelos está frente a la ventana compartiendo mi placer. Mi excitación crece con cada imagen, con cada mirada compartida, con cada pequeña explosión de placer que me lleva hacia el traqueteo final haciéndome jadear a gritos y sin control.

Dejo caer mi frente sobre el cristal, su frío me alivia. Mi corazón late con tanto vigor que siento palpitar mi cuerpo entero mientras mis piernas apenas me sostienen y las rodillas me flaquean. Casi me da miedo abrir los párpados, me asusta descubrir que lo que acaba de ocurrir es solo producto de mi imaginación.

Cuando por fin me atrevo a echar una ojeada, mi adonis está apoyado exhausto contra la pared. Me sonríe y me dirige un guiño de complicidad. Mis labios se curvan por su propia voluntad. Isabel se incorpora, me mira y cierra las cortinas con brusquedad. El hombre del portal ha regresado con su carrito de la limpieza. Me echa un último vistazo, asiente con la cabeza y se pone en marcha. El camarero ha arrancado su moto desapareciendo entre una nube de humo. La prostituta está apostada en su esquina como si nada hubiese pasado. En la última planta, la luz del cigarrillo se apaga al igual que las luces del resto de los apartamentos. Carmen es la única que sigue ahí, ahora sentada sobre su hombre de una sola noche. Supongo que cuando sabes que no van a durarte, quieres exprimir hasta la última gota de placer que puedan darte. Pero eso ya es algo entre ellos. Mis piernas están demasiado temblorosas para permanecer de espectadora. Prefiero mi cama.

Las sábanas frías me vuelven consciente de mi desnudez, haciéndome apretar los muslos aún empapados y correosos. Debería ir a limpiarme y ponerme un pijama, pero —¡¿qué demonios?!— me niego a hacerlo. Me siento *sexy*, ¡absolutamente *sexy*! ¡*Sexy* en toda mi maldita imperfección! No importan las miradas burlonas o las palabras hirientes que me esperen mañana al pasar por la calle. Sé que hay ojos que nunca me verán igual, los de aquellos que han aceptado mi regalo, los de aquellos que me han compartido. Estoy segura de que no me olvidarán, que me convertirán en parte de su fantasía. Mi mano se desliza entre mis piernas causando un repique de placenteros estremecimientos al apretar mi palma contra mi aún sensible feminidad. A lo lejos resuenan las sirenas y las bocinas de una ciudad apenas dormida. A mí aún me quedan horas para el amanecer y sé cómo quiero pasarlas.

Andoni Atienza - 2014

España

Nació en Bilbao el 25 de junio de 1984. Durante muchos años ha escrito sin pretensiones literarias, solo por el placer de plasmar la realidad en párrafos. Un buen día decidió compartir su talento con los demás. Aguardó paciente; quería estar preparado antes de saltar al mundo editorial. Pero ese momento nunca llega si careces de fe; debes luchar con las armas que tienes y continuar avanzando, sin miedo. Entre 2013 y 2014 escribió *Evolución X* e *Ibérica 2242*. También consagra los versos en un crisol a medio camino entre Neruda y Baudelaire.

Simbología de la lujuria urbana

—¿No te resulta extraño? —me preguntó el hombre. Imaginé sus rasgos gracias al tono de voz, pues llevaba puesta una máscara de carnero.

—En cierto modo, pero estaba preparado para una escena similar.

Nos desplazamos a través de las masas subyugadas por la lascivia. Sus cuerpos se retorcían entre indescriptibles espasmos. Intenté mantener la compostura, como si contemplar aquello fuese algo usual para mí. No pude hacerlo. Tanto daba: estaban demasiado absortos para prestar atención a los muslos fuera de su alcance.

—¿Cómo has descubierto este lugar?

—He descifrado el código —confesé con aire triunfalista. Me gustan los acertijos, y una vez que fui consciente de la existencia de esta hermandad, empleé todo mi tiempo para desentrañar sus claves.

Mis pesquisas comenzaron en la biblioteca municipal, cuatro semanas atrás. Tras una insufrible lección sobre Derecho Civil, sentí la necesidad de pasear por los pasillos. Mientras la sangre volvía a regar dos anquilosadas piernas, mi vista saltó de forma mecánica entre los diferentes libros, sin prestar atención a sus diversos contenidos. Pero hubo uno que llamó mi atención. *Simbología oculta de las ciudades*, se titulaba.

Me arrebató el impulso de tomarlo y ojearlo unos instantes. Mal hecho, pues guardé en mi maletín los tediosos apuntes para enfocarme por completo en mi nueva adquisición.

Sus páginas estaban repletas de extraños distintivos que se encontraban en las calles y cuyo significado solo podría ser interpretado por quienes conocían su existencia. Pero ¿qué había de verdad en todo aquello? Descubrí, además, la presencia de ciertas cofradías que organizaban rituales perdidos u otros actos de ʿdudosa moralidad' amparadas en el silencio anónimo de las ciudades. Sus integrantes eran personas desprendidas de los ropajes modernos para entregarse a la esencia animal de su alma, la raíz ancestral que controla nuestro instinto y nos empeñamos en negar.

Pese a lo interesante del asunto, abandoné el edificio con la sensación de haber desaprovechado la tarde digiriendo leyendas urbanas incapaces de ser corroboradas. Distraerse puede ser fatal durante el periodo de exámenes.

Tres días después, en un barrio de la ciudad alejado de mi residencia, tuve la suerte (o la desgracia) de encontrar uno de esos símbolos. Estaba sobre la fachada, al lado derecho de una pastelería. No puedo revelar públicamente los trazos de aquella marca; solo diré que pasaría inadvertida para la gran mayoría de los transeúntes, pues sería confundida con arte callejero abstracto.

Regresé a la biblioteca con el propósito de informarme acerca de sus orígenes. La marca pertenecía a una sociedad hermética adoradora de los sátiros y cuya doctrina consideraba que el hedonismo debería preservarse más allá de la fulminante ética eclesiástica. O eso fue en su origen. Actualmente, la hermandad se arrastraba entre los ojos poco centrados del urbanita actual. Sus miembros se reunían en asambleas que despeñaban hasta la lujuria desmedida.

Mi electrizado hipotálamo puso en marcha el motor de la curiosidad.

Comencé a indagar acerca de tan peculiar grupo, cuyo nombre mantendré en secreto. Tal fue mi afán que descuidé los estudios y pronto pagué el precio: no pasé el examen de Derecho Civil.

Pero no me importó.

Había destapado un chocante orificio de esta sociedad conservadora. La pregunta obvia era: ¿qué pensaba hacer con semejante descubrimiento? ¿Felicitarme por la labor de investigación? ¿O penetrar en la última frontera?

Apenas tuve tiempo para reflexionar, ya que mi instinto obligó a los pies a ponerse en movimiento. Antes de asimilar lo que mis pupilas reflejaron, ya estaba dentro del lupanar.

—Hace meses que nadie nuevo se presenta —me dijo el antropomorfo carnero—. Observa nuestros métodos y participa cuando estés preparado.

—La verdad, no sé qué estoy haciendo aquí.

De su máscara escapó una risa similar a un balido.

—Claro que lo sabes.

Tenía razón.

Observé el espectáculo: nos encontrábamos dentro de un edificio acondicionado para contener el bacanal de cuerpos inflados por el deseo. Una mezcla de aromas dulzones me llegó hasta la nariz, remojando mi pituitaria con sus propias secreciones.

—Increíble.

Entre cinco columnas adornadas con viñas y hojas de parra, aquellos cuerpos bufaban en ardiente pecado. Solo pude observar los rostros de quienes se habían desprendido de su máscara porque necesitaban usar la boca.

—¿Todos llevan máscara?

—Es un modo de mantener el anonimato; responde al gusto de cada participante.

Me pareció conveniente llevarla.

—¿Dónde puedo conseguir una?

—Más adelante te entregaré la tuya. Por el momento curiosea y pon tus prejuicios en un lugar apartado. Voy a unirme al grupo.

Mi acompañante se incrustó entre un mar de miembros arrastrados por la libidinosa marea. Era una auténtica orgía romana en el siglo XXI.

Bueno, supongo que me sentaré y esperaré a que ocurra algo, me dije.

Tomé asiento en un taburete, frente a la barra de aquel bar reformado. Esperé a que me sirviesen una copa para enturbiar los sentidos, pero no había nadie sirviendo.

—Si quieres beber, tan solo coge una botella —escuché.

A mi espalda apareció una mujer en ropa interior. Llevaba una máscara inspirada en el rostro de las hermosas cariátides griegas. Sacó una botella de ron del armario y me sirvió un vaso.

—Gracias.

El ardoroso licor ayudó a calmar mis nervios.

—¿Es la primera vez que vienes? —me preguntó.

Asentí.

—¿Y bien? ¿Cuál es tu impresión?

Vagué visualmente alrededor de la lúbrica concurrencia. El impacto inicial se había amortiguado y pude observar sin pudor. Conté entre dieciocho y veintidós cuerpos. No podría precisar la cifra pues unos estaban debajo de otros, comprimidos como tentáculos de pulpo en una lata estrecha.

—Encuentro todo esto algo… sorprendente.

—Lo imagino. Respira hondo y tan solo déjate llevar. —Colocó la mano izquierda en mi muslo. Di un respingo.

—¿Ocurre algo?

—No. Lo lamento… solo creo que… esto es… muy precipitado.

—¿Entonces por qué has venido?

Permanecí unos instantes en silencio. Lo sabía perfectamente, aunque me costaba admitirlo.

—Creo que ha sido la intriga.

—¿La intriga? ¿A quién tratas de engañar? Habrás invertido mucho tiempo desentrañando cómo llegar hasta nosotros, ¿me equivoco? Seguro que has descuidado otras tareas solo para pasar esta noche aquí.

Bajé la vista y admití sus conjeturas. Por mi obstinada pesquisa recibí el primer desaprobado de mi vida.

—Entonces disfruta del merecido premio —dijo al tiempo que acercó su voluptuoso cuerpo hasta transgredir mis límites de contacto humano—. No niegues tus deseos.

Admiré su sujetador de encaje y deseé resbalar entre aquellos voluminosos pechos.

Me tendió la mano y la agarré por instinto. Tal vez fuese el alcohol o la creciente sensualidad, pero fui llevado como una obediente mascota a través de la alameda carnal. Resistirme hubiese sido fútil, el encanto con el que aquella enmascarada desató mi lascivia me transformó en un ser ávido de carne femenina. De su carne.

Nos alejamos del grupo y entramos en una habitación aparte. Me reveló que era un reservado dispuesto para los novatos. En los espacios discretos tenían menos reparos haciendo explotar su fuego.

—Quiero tenerte solo para mí —susurró en mi oído.

Antes de que pudiese reaccionar, me empujó contra la cama y se colocó encima de mi hechizado cuerpo. Restregó las partes bajas de su anatomía contra mi pantalón, provocando un engrosamiento que ella no tardó en sentir.

—¿Tienes hambre? —me preguntó con una sonrisa.

Aquello era demasiado tentador para resistirse. Había llegado al límite en donde mandaría al cuerno mis remilgos y me arrojaría a la piscina (todos saben de qué estoy hablando). La volteé e intercambiamos posiciones. Besar una máscara me pareció frío al mismo tiempo que estúpido, así que comencé mi recorrido por su cuello.

Fantástico, susurré para mis adentros cuando le quité el sujetador.

Lamí sus firmes pechos con la audacia del alpinista que escala vertiginosas cumbres. Ella gimió al choque de mi lengua contra sus pezones.

Descendí por una senda de progresiva sinuosidad sobre aquella piel nacarada. Mis fosas nasales me advirtieron la cercanía de su ardor. ¿Qué misterio se ocultaba tras la cara interna de sus bragas?

Abrí dos anhelantes muslos y le quité la última prenda, el último nexo con el ser humano racional. A partir de aquí nuestra conducta sería un manojo de impulsos reflejos.

Introduje mi miembro en la cuna del mundo y comenzó un baile salvaje. El bombear de nuestros órganos no pudo apagar una sed que crecía honda como el océano. Practicamos innombrables posturas, arrebatados ambos por demonios que se apoderaron de nuestra voluntad.

La lujuria nos fundió el cuerpo hasta transformarlo en una argamasa de sudor, carne almizclada, jadeos y espasmos. El lejano perfil de Dios se hizo nítido a través de su más lasciva creación.

Cuando los néctares del vicio fueron exprimidos, me desplomé en la cama. Estaba flácido, agotado, muerto.

—¿Te ha gustado? —preguntó mientras me pasaba la mano sobre el pecho.

—Mucho.

—Dime, ¿ha merecido la pena suspender?

Intuí sorna en su pregunta. Además… ¿cómo lo sabía? Tuve un mal presentimiento.

—Yo…

Me silenció colocando su dedo índice sobre la boca.

—Hay algo que debes saber.

Se quitó la máscara y de inmediato reconocí sus rasgos. Era mi profesora de Derecho Civil.

—¿Es esto una broma?

—En absoluto. ¿Qué ocurre? ¿Acaso te avergüenza haber hecho todo tipo de prácticas con tu profesora de la universidad?

Sentimientos de incredulidad, ira y vergüenza pugnaban por salir al exterior, pero logró imponerse la calma. Respiré hondo. En el fondo no era tan grave… supuse. La mujer rondaba los cuarenta años y estaba de buen ver, aunque no volvería a sus clases. O eso creí en aquel momento.

—No se trata de eso.

Se acercó a mi oído y susurró:

—Verte aparecer en este lugar me ha dado muchísimo morbo.

Parecía sincera.

—¿Te excito?

—Mucho. —Se relamió los labios mientras clavaba sus ojos en los míos—. La fantasía típica es que el inocente alumno se acueste con su profesora madura y caliente… pero… ¿lo has contemplado desde el punto de vista inverso? La experimentada mujer buscando un jovencito para abusar de su temeroso cuerpo… Tentador.

Supo colocar la mano de tal manera que accionó de nuevo la palanca del deseo.

Incapaz de contenerme, propuse:

—¿Qué tal si repetimos?

Ana Cristina Salazar Yuste - 2014

España

Ana Cristina Salazar Yuste nació el 10 de abril de 1989 en Fernán Núñez, un pueblo de la provincia española de Córdoba. Desde niña se adentró en el mundo de la poesía, obteniendo diversos premios con motivo de la Feria del libro, así como diferentes publicaciones en variados libros y revistas. Compaginó sus estudios primarios en el colegio público Fernando Miranda, con cursos de perfeccionamiento de dibujo, ámbito en el cual también recibió reconocimientos. Continuó su etapa educativa en el instituto de Enseñanza Secundaria Francisco de los Ríos y en el IES Inca Garcilaso en la localidad de Montilla.

Actualmente prosigue su formación académica en el grado de psicología, a la vez que persevera en su afán por la literatura.

Algunas de sus últimas publicaciones y distinciones son: publicación en la antología creada por Diversidad Literaria "Érase una vez...un microcuento", antología "Porciones del alma", primer premio en el I Concurso de Narración Breve y Micronarración de Mecenix, publicación en la antología de terror creada por Madterrorfest "Saborea la locura", publicación en la antología "El cielo es un orgasmo y otros relatos pecaminosos", entre otros.

Gran parte de sus trabajos son expuestos en su blog literario "La guarida de mis fábulas" en anasalazaryuste.blogspot.com.

La venganza servida en plato caliente

He pagado un alto precio, pero ha merecido la pena.

Llevo planeando el momento semanas, puede que incluso meses, para poder al fin saciar mi sed de venganza.

Hace tiempo que duermo sobre una fragancia que no es mía, en mi almohada, colonia barata de coco y vainilla. Pero eso no es todo, porque el lecho ha sido mancillado y debo posarme sobre un calor ajeno en mi lado de la cama, mi venerado espacio nocturno como fue establecido en un mutuo acuerdo el día que nos casamos...

Salgo del trabajo tres horas antes del horario laboral y llego a casa sabiendo lo que voy a encontrarme. Preparada para todo, con la ira hirviendo en mis venas y el despecho revolviendo mi estómago, giro la llave y entro decidida a concluir la absurda pantomima de cada día. Quiero que me escuchen entrar, interrumpirles, romper el encanto de su furtividad y alterar su entrega pasional.

Veo su pantalón y su camisa arrumbados en el sofá junto a su maletín de profesor de instituto.

Aprecio el ajetreo al otro lado de la pared del dormitorio, me lo imagino preparando una excusa, un «cariño, no es lo que parece», junto a una señora colorada y avergonzada, muy posiblemente también casada, ve tú a saber...

Me dirijo ahí apretando los puños, pero pienso: *Mejor regalarles una espera insufrible como la que yo he vivido hasta llegar a este momento.* Así es que perezosamente me descalzo. Al inclinarme, el dolor bajo el vientre se acrecienta, es intolerable. Me pongo cómoda, respiro profundamente y ya, más tranquila, voy hasta la escena de la promiscuidad.

Él está acostado, tapado con la sábana, puedo ver su desnudez a través de la fina tela translúcida. Me mira sorprendido.

—¿Ya estás aquí? —me pregunta el insolente fingiendo una falsa sonrisa de bienvenida.

No le respondo, repaso la estancia. A simple vista no hay prueba que le delate, pero la puerta del vestidor cerrada a cal y canto confiesa un escondite. Habría mirado primero debajo de la cama, de no haber sido por ese detalle, pues perdí la cuenta de las interminables veces en las que discutimos porque siempre la deja abierta y el ambientador del armario se disipa.

Al verme fijar la atención, el nerviosismo le hace ponerse en pie.

—¿Qué te parece si vamos a cenar fuera? —intenta distraerme de nuevo, interponiéndose en mi camino. Le eludo y sin que pueda hacer nada para evitar el encuentro, abro la puerta.

Debo bajar la cabeza para ver unas pestañas apelmazadas por abundante rímel, sobre unos ojos marrones que en nada contrastan con el perfilador negro y la exagerada sombra de ojos azul celeste que se esparce por ambos párpados hasta llegar a las cejas.

La mirada de Susy, la alumna de bachillerato de diecinueve años de edad, no emite el brillo de la vergüenza y el abatimiento. Por el contrario, refulge en arrogancia y engreimiento.

El carmín rosa de sus labios está esparcido por toda la boca. Pasa su lengua en un intento por limpiárselo, exponiendo un *piercing* plateado. Abraza sobre su pecho dos pequeños retales de colores llamativos, cubriendo su desnudez. Bajo su ombligo, un tatuaje donde leo *«Fuck you»*. Más abajo no hay nada, ni un solo vello.

De todo lo que alcancé a suponer, jamás se me ocurrió algo similar. Una divorciada, la secretaria, la vecina del quinto, la frutera tal vez...

Alejandro pone su mano en mi hombro sacándome de mis cavilaciones, vuelvo la cabeza y me encuentro con su fornido torso, sus músculos cultivados en el gimnasio, su abdomen cuadrado y su pene ahora flácido. Pienso en que nunca antes le he mirado así, no he sabido apreciar su atractivo.

La muchacha se hace paso entre los dos, indiferente.

Sin pensarlo tiro de su delgado brazo, agarro su cara con ambas manos y la beso. Yo tan solo pego mis labios a los suyos, pero ella introduce su lengua y la enlaza a la mía atrevidamente.

La empujo hasta la cama mientras ella desabrocha mi blusa y me baja el pantalón. Sin separar nuestras bocas, me quito el sujetador y termino de desvestirme con su ayuda. Baja mis bragas de encaje y se deshace de ellas. Mis generosos pechos brotan mientras se acelera mi corazón desbocado.

De rodillas, las dos en la cama, desnudas. Nuestros cuerpos se rozan, somos dos polos opuestos que se atraen. Nada tiene que ver su suave y delicada piel con la de mi marido, que estupefacto se acerca a nosotras. Su magnánima erección me revela que se ha sorprendido gratamente, lo cual me complace.

Estrujo los pequeños montículos de Susy. Ella lame mi cuello y baja hasta mis pezones. Los muerde. Su descaro y su estilo me estimulan.

Alejandro retira mi melena a un lado y me besa delicadamente en la mejilla, aún temeroso de que le reprenda o de que quizás no le deje participar en el inesperado juego.

Yo me dejo hacer.

Levanto los brazos, los llevo atrás y rodeo su cuello, le atraigo hasta mí y le susurró al oído: «Hazme tuya». Como una dómina al pretor, obedece mi orden, me pone a cuatro patas, toca con dos dedos mi excitación y me embiste.

Con la rudeza de su penetración, un gemido sale de mi garganta. Susy enseguida me silencia con su lengua.

La chiquilla continúa explorándome, se mete bajo mi cuerpo que está posicionado a modo de puente, cual mecánico, arrastrándose para bajar por mis pechos, por mi vientre, por mi ombligo. Tira de mis muslos y se impulsa hasta encajar en el *puzzle*. Moja el triángulo de vello y juguetea hasta dar con el clítoris. Entonces comienza a rondarlo con el *piercing*, moviéndolo frenéticamente, absorbiendo la emanación que brota de mis entrañas y que escurre entre mi sexo fusionado al de Alejandro, que sigue empujando con fuerza, acelerando, aferrando mis caderas para introducirse hasta el fondo. Nuestros gemidos se combinan formando una melodía hedónica.

La fricción de la joven acrecienta el placer hasta un nivel inigualable. Levanto el cuerpo, mi espalda se pega al busto sudoroso de mi esposo, quien me repasa con sus manos y aprieta mis senos. Una llama hace arder mi interior: hace rato se prendió la mecha.

Cierro los ojos para perderme en la constelación de luceros que resplandece, que me hace olvidar, contrayéndose mi sexo al grosor, como la alianza de oro a mi dedo anular. Juntos explotamos mezclando nuestros fluidos, de tal manera que yo percibo su presión líquida y él siente la mía, como nunca antes habíamos hecho.

Susy se incorpora con los labios llenos de nuestra emulsión. Delicadamente la empujo hasta los brazos de Alejando, quien la recibe sin saber muy bien qué hacer. Con un gesto de cabeza le confirmo mi intención. Él nuevamente obedece y la besa.

Me quedo tras la chica, cerciorándome de que han compartido de lleno nuestros efluvios. Pongo mis manos en sus hombros y tiro de ella hacia atrás para dejarla nuevamente tumbada. Beso su cuello, acaricio sus brazos, deslizo la lengua por todo su cuerpo hasta llegar al tatuaje, llevo un dedo hasta su hendidura y la adulo en círculos. La chica está empapada. Introduzco un dedo, ella gime. Muevo el índice de la otra mano sobre su clítoris con oscilaciones rápidas, ella enloquece.

Alejandro se recompone de su anterior orgasmo, observándonos. Se le ve muy feliz. Acerca su pene erecto hasta mi boca, pero yo lo rechazo con sutileza. Con la mano que introducía en la vagina, agito el miembro varonil, acaricio el glande, él se estremece y mueve su cintura hacia atrás y hacia adelante. Cuando la rigidez se hace máxima y se hacen patentes las venas recargadas de sangre, le indico el camino que debe tomar y me retiro para dejarle espacio.

Él toma las piernas de Susy, las separa todo cuanto puede y la penetra, emitiendo un entusiasmado sollozo.

La actitud de la chica es la de la experiencia, con los ojos entreabiertos, los dientes apretados y las uñas pintadas de rojo marcando la espalda de mi marido, como un felino hambriento.

Quedo en un segundo plano como espectadora, pero al verme abierta de piernas, cerca de la fogosa joven, no puedo evitar acercar mi ardor hasta su rostro. Ella consiente e introduce su lengua en mi cavidad. Las celestiales punzadas no tardan en llegar: me corro sobre ella y aun así, sigo ambicionando más. Por momentos me duele, pero enseguida me calmo y me dejo llevar.

Los tres enlazados, vamos cambiando de postura, hasta que cerca del amanecer nos sincronizamos y a la vez llegamos a un triple orgasmo, propio de otra dimensión, entre gemidos que todo el vecindario alcanza a escuchar.

Nuestros cuerpos sudorosos caen rendidos en la cama, que como siempre encuentro caliente y mojada, pero esta vez mancillada por mí, con mi perfume y mi sudor.

—Ya ves qué dulce fue mi represalia... —Un suspiro vuela junto a las palabras, perdiéndose en la sala de espera.

—¿Represalia? Cumpliste la fantasía de todo hombre. Más que castigarle por su infidelidad, le hiciste el mejor regalo de su vida —contesta la confidente, perpleja ante el testimonio. Baja la voz ante la mirada curiosa de la enfermera que atiende el mostrador. Intenta aparentar desagrado, finge que dicho acto la horripila, pero la humedad de sus bragas bien puede desmentirlo.

—Ah, sí, querida, un gran regalo. Compartí con ellos mucho más de lo que te imaginas: un donativo que ahora portan como recuerdo de esa mágica noche y que me fue entregado en el despacho de mi jefe. Ya te dije que estaba todo planeado.

—¿Te refieres a las tres horas extras que el regente te dio para salir antes del trabajo ese día? —pregunta, dando por afirmativa la respuesta.

—Bueno, a eso y... a una intensa y aguda gonorrea.

Alejandro Dávila Fragoso - 2014

Estados Unidos / Perú

Alejandro Dávila Fragoso nació en Los Ángeles, California en 1984. Hijo de padre peruano y madre mexicana, creció en Perú, México y Estados Unidos. Estudió ciencias políticas en la University of California San Diego, y periodismo en Columbia University. Actualmente él lee, escribe, toma fotos y produce documentales en Calexico, California, aunque a veces hace lo mismo en otras partes.

¿De qué te ríes Gautama?

Para Alberto, César y Rosario

Sin ropa y tapado hasta el cuello con una colcha *beige*, así desperté. Giré la cabeza hacia mi izquierda para ver si había algún imprevisto o residuo de la noche anterior; y sí, como era de esperarse, siempre pasa algo en mis borracheras. El imprevisto era una mujer de piel morena, pelo rubio, cuerpo grande, tez escamosa, facciones protuberantes, y una nariz aguileña inmensa y chueca que hacía su cara mil veces más fea de lo que ya era. El espanto roncaba guturalmente y dormía con medio párpado abierto, revelando así un ojo tan azul que seguramente era lente de contacto. Su manota descansaba al lado de su cara y cada dedo tenía una uña postiza, curvada y larguísima, de diferentes tonos pastel.

Con un ojo cerrado y el otro abierto levanté la mitad de la colcha manteniendo la fe en que quizás ella sí iba a estar con ropa. Pero no, tampoco, como Dios la tiró en el mundo: desnuda y grotesca. Ahora, siendo honestos y justos, ninguna mujer es completamente descartable y ésta no era la excepción. El mamarracho tenía un muy buen trasero. En un santiamén me resigné a la idea y la acepté. La mujer no dejaba de ser horripilante, claro, pero la verdad es que a veces uno tiene accidentes. Y, bueno pues, pudo haber sido peor: pudo haber sido un hombre, musité buscando así el lado cómico del asunto, tal cual se debe hacer cuando las cosas no le salen a uno. Aún algo irritado, pero definitivamente no tan acongojado, me levanté y salí sigilosamente de la habitación mientras me ponía la ropa en silencio, con la mirada avergonzada como cuando a uno lo descubren mintiendo.

Del pasillo entré al primer cuarto que tenía la puerta abierta en búsqueda de mi socio y amigo con quien había empezado la juerga la noche anterior. El olor a incienso era insoportable y el piso estaba cubierto de colillas de cigarros, bolsas de comida, botellas, cucharas, encendedores, aluminio y en medio de todo esto, un pentagrama de tres metros de diámetro. El techo, las paredes, los muebles, todo-todo estaba pintarrajeado con mensajes variados: «*Tomasa ama a Francisco 4 ever*» en letra cursiva, «la felicidad, ja ja ja ja» dentro de un corazón, «*has been fucked*» al lado de «nunca sé dónde estoy»; y mi favorito porque queda conmigo: «¡buen día, eres un imbécil!» en rojo tomate. Salí del cuarto en busca del baño para orinar y de paso revisé si había alguien ahí pero no, lo único nuevo que hallé fue que mi boca y mis dientes estaban manchados con maquillaje y que un chupetón corría prácticamente de oreja a oreja por mi cuello. Me lavé la boca sin intentarlo demasiado y con una toalla de mano que hallé me cubrí el cuello. Salí del baño, crucé el pasillo y ahí encontré a quien esperaba encontrar; al buen Juan, quien dormía en posición fetal a los pies de un sillón floreado. La noche lo había dejado con la corbata floja, la camisa abierta, sin zapatos y con las medias sucias de tierra, empapadas en algún líquido que no me atreví a descifrar.

Me acerqué más para despertarlo y al hacerlo percibí *whisky*, ron, vodka, tequila y vómito en él y en todo lo que le rodeaba. Con cara de asco, primero lo mecí, luego lo empujé. Juan sólo hizo secos gruñidos de desapruebo y volvió a dormir. Una vez más lo mecí, pero al ver que eso no funcionaba le empujé la cara cada vez con más violencia hasta que me decidí por darle algunas cachetadas, sopapos, a abrirle los parpados con los dedos, a jalarle el pelo y a taparle la nariz y la boca. Todo fue en vano. El cuerpo alcoholizado de Juan prefería morir golpeado o ahogado antes que despertar. Era definitivo, mi amigo había llegado una vez más a su tan temido límite alcohólico y dormía sin remedio.

Al principio contemplé la idea de llevarlo a su casa como siempre, pero, dado que Juan es de huesos gruesos y encima me ha hecho la bromita de quedarse botado demasiadas veces, preferí quitarle la ropa y llevarlo al cuarto de la rubia, nomás para ver si así por fin escarmentaba. Antes de cualquier cosa, le di un golpe con la mano abierta en el centro del cachete a manera de prueba y última oportunidad. Juan ni se movió y por eso lo llevé a rastras hasta el cuarto de la mujer, le quité la camisa y los calcetines y lo acomodé con mucho cuidado al lado de la rubia, quien seguía boca abajo, con las piernas juntas y las nalgas paradas. Mordiéndome una mano para aguantar la risa puse la mano de mi amigo sobre el monumental culo de la rubia y dejé el lugar sin cerrar la puerta.

Mientras bajaba el elevador me rasqué la cabeza. Un latigazo de dolor se sintió en ella. Pasé la mano por donde había surgido la aflicción. Esta vez, aparte del latigazo sentí un chichón del tamaño de mi puño en la coronilla y un malestar en la espalda baja. Lo intenté, pero era inútil recordar cómo y cuándo sucedieron las lastimaduras. Me acordaba de los primeros cuatro bares. Empezamos en La Calesa, en San Isidro, luego fuimos a Berlín en Miraflores, luego los dos huecos en Barranco y la discoteca en La Marina que en realidad era un *table dance*, pero de ahí no tenía nada que visualizar. Sin encontrar remedio, lo dejé ir.

Aún adolorido, revisé los bolsillos del saco en busca del celular, las llaves de la casa y la billetera. Después de aceptar la desaparición del teléfono, saqué las llaves, luego la billetera y finalmente un Buda de porcelana color crema que cabía perfectamente en la palma de mi mano. La figura sonreía con tremenda picardía, tanta que tuve que preguntarle: «¿De qué te ríes Gautama?». Pero Buda no respondió.

El resto del día me la pasé acompañado de una jarra con agua, sufriendo largos ataques de risa cada vez que imaginaba la cara que haría Juan cuando viera a la urraca de mujer que tenía al lado. A mí estos accidentes ya me dan igual (me han pasado demasiadas veces). Sin embargo, para Juan Ramón Oliveira esto podía ser la excusa perfecta para practicar un *harakiri* con tenedor. Él era introvertido, siempre afable, de buenos modales, que cuando tomaba bailaba con todas hasta caer de borracho, pero jamás tocaba a nadie de forma indebida. Siempre esperaba a su casa y a su prometida con una disciplina envidiable. Es más, Juan era tan noble que la primera vez que se acostó con una mujer, al final del sexo le pidió disculpas porque la había usado y no la amaba. «Pero estoy dispuesto a intentarlo», le dijo a la chica después de creerse a punto de negarle amor a alguien. Así era el buen Juan, quien llamó a las tres de la tarde con voz rasposa, tristona y por supuesto aturdida.

—Oye Raúl, ¿qué carajos pasó ayer en la noche?

—¿Cómo que, qué paso? Tomaste a lo estúpido, previo funeral, digo boda.

—No ya, en serio, no me acuerdo bien después de las doce.

Poco a poco se podía oír el nerviosismo de Juan escalando por su garganta.

—Pues no hay mucho que recordar. Después del segundo *table dance* fuimos a una discoteca. Para las dos y media para variar ya estabas vomitando. Te dejé afuera de tu casa como a las tres pasadas y ya. Según yo estabas abriendo la puerta a punto de entrar. ¿Por qué? ¿Qué pasó?

Tosí para esconder la risa.

—Puta madre. Es que… no sé cómo decir esto —replicó con la voz quebradiza—. Carajo Raúl, nunca llegué a mi casa.

—Pero, compadre, yo te vi abriendo la puerta. ¿Qué hiciste después? —pregunté.

—No sé. No sé —dijo Juan y antes de que yo pudiera decir algo retomó la palabra—. Escúchame *brother*, no sé cómo, no sé qué ha pasado, pero me he levantado al costado de un hombre. Un hombre, *webón*, un hombre con tetas pero con pito. No, no, no, no no. ¿Qué le voy a decir a Rosario? ¡Porque le tengo que decir! ¡Le tengo que decir! Esto está mal. Tan mal. ¡Qué he hecho!

—No puede ser… ¿Estás seguro? —pregunté asustado mientras inconscientemente visualicé la cara y el cuerpo de la mujer amarrada a mí. ¡¿Cuál mujer?! Si era hombre de cabello oxigenado, con tetas infladas probablemente a inyecciones de silicona de la calle. La voz de Juan le puso un alto a mi imaginación. Por un segundo pensé que me diría que todo era una broma. Pero eso no pasó, al contrario, Juan me reafirmó gráficamente lo que tanto temía.

—Sí. Segurísimo. Me he despertado y la mujer… hombre… la persona estaba al lado mío, boca arriba, una teta más grande que la otra, con el pene ahí, ahí, al lado, a media asta. No, no, no. *Webón*, ¿a lo mejor soy gay y no me había dado cuenta? Eso pasa a veces. Puta madre. ¿Qué le voy a decir a Rosario? ¡¿Cómo le digo?! ¿Qué le digo…?

En ese momento pensé en mantener viva la mentira y así ahorrarme todo lo que implicaba la verdad, pero al final no pude hacerlo. La verdad siempre pesa demasiado.

—No le vas a decir nada porque quien se tiró al tío fui yo. —Y al confesar lo acontecido un escalofrío de asco subió por mi espalda y por mi estómago, bajó por mi nuca, le dio la vuelta a mi perfil y pasó por mi boca, delineó mis labios, mi cuello, mi torso y fue a posarse en mi trasero, que probablemente había sido desvirgado cuando mi cerebro embrutecido estuvo al mando de mi cuerpo.

Afligido, escuché sin interrumpir un vendaval de risas a costa mía; hasta que oí de Juan una carcajada particularmente jocosa. Entonces apagué el teléfono con la burla todavía en el oído y lo lancé hacia la mesa. El aparato terminó al costado del adorno de porcelana que había aparecido en mi bolsillo esa mañana. Al notar la figura sobre la mesa me le quedé viendo muy serio y con mucha atención. Ahí estaba el famoso barrigón, con un costal sobre el hombro y sus ojos del oriente apretujados hasta las sienes sobre un par de cachetes que se alzaban en una inmensa sonrisa que me hizo entender que mientras yo me estuve riendo de Juan, Buda se estuvo riendo de mí.

Roberto Migoya Ramos - 2014

España

Roberto Migoya Ramos nace un 13 de julio de 1976 en la localidad berciana de Ponferrada (León), donde lleva residiendo 38 (con la salvedad de su periplo universitario) y donde, desde hace 12, más o menos, ha desempeñado una polifacética vida laboral tan variopinta que va desde la fontanería hasta la conducción de maquinaria industrial, pasando por el reciclaje, el mantenimiento de piscinas y la hostelería. Oficios todos ellos que ha intentado combinar, en la medida de lo posible y hasta donde daban las fuerzas, con un intenso amor por la literatura, el cine y cualquier tipo de arte que mereciese la pena. En cuanto a los estudios oficialmente validados se basan en una licenciatura en Historia del Arte, cursada y superada (con la mediocridad propia de un estudiante más pendiente en devorar la inmediatez de la vida) en la Facultad de Filosofía y Letras de la Universidad de León.

Entre sus publicaciones:

"Adicción": Antología "150 autores, 150 vivencias" (2013) de Ediciones Orola.

"Náufragos": Libro de relatos solidarios "Lo vives, lo cuentas" (2013) de la Fundación Juan Bonal.

"La juventud sufrida": Libro de relatos históricos "La voluntad de poder y otros relatos" (2014) de Ediciones Evohé.

"El sutil filamento": II Certamen de microrrelatos "Microrrock" (2014).

Juguetes rotos

Suena el despertador. No doy un salto ni mucho menos. Golpeo errático, todavía adormilado, el infernal campanilleo. Me siento en el borde de la cama. No hay sábanas, el contacto de mis pies sobre el gélido terrazo me produce un escalofrío. Noto las nalgas mojadas, el colchón está húmedo. Recuerdo: sexo ebrio, sudor y olvido, lo de siempre. Me giro, intento poner cara a mi cópula, pero en lugar de eso lo que encuentro es un hueco en mitad de la almohada, ya no hay nadie. Miro la hora en el despertador: demasiado tarde para el curro, una vez más otro desatino al ajustar la alarma. El paquete de tabaco yace encima de la mesita, arrugado por los excesos nocturnos más parece un trozo de cartón artrítico. Saco un cigarro doblado, me lo llevo a la boca con la curvatura hacia abajo, me señala con ironía mi propia flacidez. Estoy en pelotas y aún llevo el condón puesto, está dado de sí como un pijama viejo, con lo ajustadito que debía quedar anoche. Al menos solo es látex reseco, sin rastro de éxtasis. Me lo quito y doy lumbre al paupérrimo pitillo. Exhalo una profunda calada y, tras toser por el insano desayuno, ya recuerdo: morena, veintiséis, quizá Carla, Sara o cualquier otro nombre corto con la A como única vocal. Tengo que dejar esta vida.

Buscó algo de cordura en el rostro que se refleja en el espejo del baño. Estoy pálido, ojeroso; la barba de una semana acentúa mi ruindad, aunque sea un hirsuto grupo de hormigas estáticas. Mis ojos lucen sin brillo, como si alguien se los hubiera arrebatado a una muñeca y los hubiera colocado ahí, en mis cuencas, por despecho. Huesos donde debería haber carne; piel hundida donde deberían estar los saludables y rollizos mofletes. El pelo, va a su aire, apelmazado de un lado y disparado en su contrario, parece pedir a gritos que lo encierren en un psiquiátrico. ¿Cuántas veces me han dicho ayer lo atractivo que se me ve?, ¿cuatro?, ¿seis?, ojalá pudiera acordarme. A esto nos ha llevado la evolución: del macho alfa pasamos al enfermizo. Algo que agradezco, pero lo que ven ellas en mí yo no lo encuentro.

Suena el timbre. Suele pasar: volverá por su billetera, por su chaqueta, las llaves del coche o el anillo de compromiso. Coloco una toalla donde debería haber unos pantalones y abro la puerta.

—Buenas, ¿es usted Mario Costa? —Es la cartera—. Traigo una notificación certificada, si es tan amable de firmar aquí.

—Uf, me ha pillado por sorpresa. No hace falta decir que esperaba a otra persona.

La empleada de correos empieza a examinar, tímidamente, mi escuálido torso desnudo con los tatuajes de chico malo, pasa por los demacrados rasgos del semblante que sujetan a duras penas mi estampa y termina, con un visaje divertido, en el cabello sin la camisa de fuerza.

—¿Una mala noche? —pregunta.

—No tan mala como la mañana… Esto es una multa, ¿verdad?

—Eso parece.

Los uniformes siempre me han resultado muy morbosos, incluso cuando me traen multas a casa. La cartera tiene el cabello rubio. Lleva los rebeldes rizos atados en una cómoda coleta, no debe ser adecuado patear las calles de la ciudad con la melena golpeando la cara. Los ojos son glaucos, enormes; nariz arqueada en juguetón respingo, fina y bien acabada; los carnosos labios rosados completan un rostro dulce, bastante atractivo. Bajo el vasto uniforme azul marino, destinado a los encargados de envíos postales, se intuyen formas sensuales, curvas muy sugerentes. El traje le va pequeño de talla, lo que acentúa la presión de sus pechos contra los horrorosos bolsillos y de las caderas contra el tejido del simple pantalón, estirando la tela hasta convertirla en tersa piel de algodón. Por un momento siento que debo acariciar esas femeninas caderas, poseer ese cuerpo uniformado. Desvío la mirada hasta el segundo botón de la blusa, desabrochado inocentemente por la presión. Ella se da cuenta. No consigo descifrar la expresión de su faz al descubrir mi voyerismo incontrolable. Rubrico el acuso municipal y tiendo el bolígrafo con la mejor de mis sonrisas. Ella devuelve la sonrisa. Es algo mecánico, producto del hollar diario de los felpudos de todo el vecindario, pero al hacerlo muestra unos dientes blancos, diminutos y bien formados, que estaban ocultos por la fresa de su boca. Considero que ya he ido demasiado lejos en nuestra obligada primera cita y, pese a no poder apartar la mirada de esos labios, corto el progreso de mi lúbrica imaginación.

—Gracias por la sanción, espero que la próxima vez sea algo menos doloroso para el bolsillo.

Ella se ríe abiertamente. No es ya una risa laboral, más bien un mohín afectuoso y sincero.

—Espero portarme mejor en adelante —dice—, si usted pone de su parte —añade, señalando la notificación.

—Claro… Bueno, hasta la vista —digo esperanzado.

—Hasta pronto —replica. El corazón que forman sus labios promete mucho más de lo que esperaba.

Cierro la puerta y espío con sigilo a través de la mirilla. Está de espaldas, esperando la llegada del ascensor. Aunque el ojo de pez deforma grotescamente la figura de la hembra, puedo distinguir unos firmes glúteos desde los que arrancan las piernas en su vertical descenso hacia el terrazo. Piernas largas, que se insinúan atléticas dentro del robusto paño azul. La mujer examina la carpeta con todos los nombres de los certificados, se gira y verifica la letra que identifica la puerta de mi apartamento, lo hace con una mirada tierna, soñadora. *A mí también me has gustado*. Las puertas del ascensor se deslizan sobre sus carrileras y esa preciosidad desaparece de mi vista.

Casi inconsciente, perdido en carnales ensueños, abro el recibo de tráfico con mis datos: ¡doscientos euros por aparcamiento indebido!, las autoridades estatales me devuelven a la realidad de un guantazo.

Esa noche no puedo pensar en otra cosa. La cartera no sale de mi mente. Creo que es un mecanismo defensivo del subconsciente ante la enquistada relación que tengo con el mundo. Le doy un buen lingotazo a la tercera copa y la dejo, mediada, encima de la barra. No tengo prisa, mi jefa llamó esta tarde para decirme que no volviera. Pero me apetece ir a casa, ver una mañana en todo su esplendor después de tantos días, quizá se deba al espíritu de la contradicción que siempre se apodera de mí. Me acodo contra el mostrador, dando la espalda a mi colega Luis, el atareado barman que desliza sus rápidos pies, acompasados por la sinfonía fugaz del flirteo y el estruendo de cubitos. Observo distraído, con los pensamientos en otro lado, la pista de baile. Decenas de cuerpos descoyuntándose por la música tecno, por las drogas y por el hambre de experiencias que parecen nuevas, pero que en realidad son tan viejas como el hambre que las despierta; seres nacidos de la privación de alimento, de la abstinencia obligada, como yo.

En el centro de la turba de danzarines, Sonia, una habitual del local, menea sus joviales caderas. Tiene veintiuno, doce menos que un servidor, al que no quita ojo mientras se alza sobre su trono de agujas, ese que yergue su moldeado trasero y endurece los gemelos; la fémina se mueve sensual, eléctrica, como el azul de su ceñido vestido de una sola pieza. Con cada bote, con cada contoneo rabioso, los túrgidos pechos parecen huir de su prisión escotada, pero para desgracia de los rostros masculinos que babean a su alrededor el apretado tejido aguanta las embestidas. Incluso dos bolleras, que baten sus lenguas lésbicas en húmedos besos a pocos centímetros de la ninfa, no quitan el ojo a la uve de su busto. La sala se rinde al resplandor de la juventud. El calor comienza a llegarme desde la distancia; una estrella frágil explotando de efímero fulgor, un bello espejismo de satisfacción. La muchacha me mira con deseo, desea que la mire, se desea a sí misma. Afronto los oscuros ojos de escualo, tan negros como el futuro de un condenado, con la única vida que otorga la consecución del placer instantáneo. Levanta su índice y me indica que me acerque, ¿quién puede negar la vida? Apuro la copa de un trago y acudo a la llamada de la sirena.

Cuando llego a su altura varios hombres me apuñalan con miradas de envidia. Las retinas brillan enrojecidas por el vicio lascivo y por las drogas, que brotan su obsesión reprimida al exterior. Las dos lesbianas acarician sus cuerpos trémulos, rozan las entrepiernas vestidas con fina seda; coños férvidos cubiertos de ropa, que se agitan convulsos como si la tela fuese invisible para ellos. Agarro a Sonia por la cintura. Solo un leve balanceo a su espalda, no pienso bailar, lo único que necesito es su calor, compartir algo de la energía que desprende. Aparto la negrura de su melena con suavidad, revelo una nuca de marfil y el apetitoso cuello, tenso por las manos invasoras. Al poco, se relaja. Recorro toda la lisura de su piel con mis armas bucales: mordisqueo, lamo y beso de manera aleatoria. Ella frota las rígidas nalgas contra el tiro de mi pantalón, puedo notar las costuras del tejano a través del slip, puedo notar que no hay ropa interior bajo esa falda. Mientras dedico mis labios a su espalda desnuda, las manos suben despacio por su vientre, hasta llegar a los cálidos pechos. Los mimo como si fuesen bebés de porcelana. Permanecemos ligados en esa postura durante unos segundos, el tiempo que tarda el delirante público en acostumbrarse a nuestra pulposa danza. Los destellos de los *flashes* iluminan la sala; intermitentes fotogramas de efigies desencajadas, como en una fantasía de Blake. Apenas se distingue nada más, el humo ochentero invade la atmosfera. La música está tan alta que vibra mis prendas, mis órganos, y yo estoy tan excitado como un novicio en un burdel. Sonia se gira a medias y da su aprobación separando ligeramente las piernas. Yo bajo la cremallera de mi pantalón y la verga se abre paso al igual que una rata precedida por el fuego. La vagina está seca, el cerebro está colapsado por los narcóticos y los estímulos nerviosos le llegan confusos, lo que debería ser jugoso goce se convierte en brusco escozor. Su sexo comienza a mojarse poco a poco por la fricción, ella arremete al ritmo de la música y yo empiezo a disfrutar de veras. Cierro los ojos y me abandono a la carne.

Demasiado abandono. Cuando vuelvo a ver estoy en el suelo; una ceja mana, desecha, un abundante chorro de sangre. Vladimir, el portero, grita algo que no puedo distinguir por su acento y porque me zumban los oídos debido al directo que me acaba de soltar. La gente ha hecho un corro en derredor. Me guardo mis vergüenzas antes de reconocer las palabras del mostrenco que escupe saliva al bramar:

—¡Joder, Mario! ¡No somos perros! ¡Esto es un puto bar!

Extiendo una mano desde el suelo, él me levanta como si fuese un pelele. Ni rastro de Sonia. Solo Luis, tranquilizando al gigantesco machaca; me tiende un trapo para frenar la hemorragia y me escolta a la calle.

—Mario, hoy te has pasado… Eres un buen tío, pero deberías controlar esa lujuria: ¡un día te va a matar, tronco! ¿Qué pensabas, que nadie estaba mirando?

Asiento agradecido y enciendo un cigarrillo, pero no digo nada.

—Bueno, tengo que volver, ¿estarás bien?

Asiento de nuevo, en silencio.

En cuanto me quedo solo, me arrellano un momento contra el frío muro del local. Y la soledad me dice que estoy hecho un asco. Puede ser que Luis tenga razón y esta maldita adicción acabe conmigo. Un trote de metal en el pavimento me hace volver la cabeza: es Sonia, sublime sobre su trono de agujas... Mientras tanto, haremos un esfuerzo por seguir vivos.

—Joder, joder. Ha sido fabuloso. ¡Todavía me está chorreando! —Sonia se levanta la falda sin ningún pudor, me muestra su rasurada vulva, tan mojada que unas gotas resbalan por el interior de sus muslos—. ¡Dios! Me has puesto supercachonda, ¡y rodeados de toda esa gente!

—Me alegro.

—Hay que repetirlo —dice, emocionada como la niña que es.

Descubro mi ceja y se la enseño.

—Quizá otro día.

—¿Qué tal estás? —pregunta, más con desilusión que con interés.

Sonrío socarrón.

—He estado mejor, ¿quieres tomar algo?

—Todavía no, tengo que volver un par de horas.

—Pensé que te habían echado a ti también.

—¿Echarme? La mitad de los pringaos que dejan la pasta en la barra vienen para verme bailar a mí. He tenido que follarme a ese asqueroso de Vladimir, a Luis y al puto pervertido del dueño, con su diminuto pene de negrero. ¿Y para qué?, por unos cientos sin asegurar y unas cuantas copas al final de la noche...

Es posible que espere de mí unas palabras de consuelo, algún consejo o una reprimenda paternal, en vez de eso permanezco callado. Tiene toda la razón y es importante no quitársela con vanas lecciones.

—¿Te volveré a ver? —añade con una expresión melancólica—. Eres un tío especial.

«Un tío especial», y eso ¿qué significa? ¿Significa qué soy más especial que Vladimir, que Luis o el propio gilipollas del dueño?, no lo creo. Significa que la niña perdida ha encontrado un juguete que romper, pero este juguete ya está roto. No, gracias, no quiero ejercer de padre con derecho a roce. Ni quiero ni sabría.

Puede ser que el porrazo me haya hecho más cuerdo y deje de ser una bestia al fin. Me incorporo sobre mis temblorosas piernas y hablo, algo mareado aún:

—Lo veo difícil, me gustaría pasar una temporada tranquila. Pero ya sabes donde vivo, pásate algún día.

—De acuerdo, ya nos veremos por ahí…

No dejo que termine la frase y la atraigo hacia mí. Sujeto con una mano el apósito y con la otra asgo la esbelta cintura. Los puntiagudos senos se aplastan contra mi pecho, el cabello azabache golpea mis hombros por el rudo movimiento, sus labios de mujer se abren como un oráculo que no puedo respetar. Alzo con delicadeza su mentón y la beso con desenfreno, no hay mañana para nosotros. Coloco la palma de la mano con fuerza en su culo, como si quisiera que la nalga quedara impresa en las líneas de quiromancia, grabada a fuego para siempre. Los pocos transeúntes que pasan, ebrios y festivos, nos miran entreverados por los celos y su cínica moralidad. Imbéciles. Ojalá que lo peor que hiciéramos los hombres fuese besar a una mujer.

Aparta los labios; todavía puedo saborear esa latente juventud.

—Bueno, me tengo que ir… —dice.

Yo asiento y la libero, consecuente.

Me trago el orgullo y no pierdo detalle de su acelerada huida hacia la perdición. La belleza se aleja de mí a golpe de cadera. Por mucho que nos empeñemos en negarlo, no es la rotación de la Tierra sino ese contoneo el que hace girar el mundo. Retiro el trapo ensangrentado, un hilillo rojo resbala por mi mejilla. Mierda, creo que necesitaré unos puntos. La cabeza me duele horrores y, para colmo, cuando alcanzo el lugar donde estaba aparcado mi coche, hay otro en su sitio. Pegada en el bordillo descansa una tarjeta que anuncia: «Grúa Municipal». Se me escapa una sonrisa, por lo menos volveré a ver a la sugerente cartera.

Fernanda Rodríguez Briz -2014

Argentina

Fernanda Rodríguez Briz (Buenos Aires, Argentina, 1969) es egresada de la Escuela de Bellas Artes y Bibliotecaria (Universidad Nacional de Mar del Plata). Actualmente reside en la ciudad de Mendoza, Argentina.

Escribe variedad de ficción desde que recuerda. Participa en varias antologías y coordina talleres de escritura para adultos y niños. Desde febrero 2013 edita la revista literaria virtual *Literatta*.

T.A.I.
(Tu amiga invisible)

Maldigo ese día. Honestamente maldigo haberlo matado. No por él, no. Realmente no por él, ¡si yo ni siquiera lo conocía! Por ella. Por ella es que lo lamento. Yo tenía que haberme hecho rogar un poco más, negociar… Pero no, me lo pidió, me rogó, y me amenazó con lo que más temía. No me quedó otra, inmediatamente lo hice. Lo hice, lo hice. Claro que lo hice. Y apenas lo hice… no la vi más. Ese es mi verdadero castigo. No importa si algún día me dan otro. No creo, jamás podrían relacionarme con ese tipo. No hay nada, nada, que pueda relacionarnos. Ni sé quién es. Pero bueno, supongamos que me culpan ¿y qué? Cárcel, pena de muerte, ¿qué serían? Lo más amargo, mi verdadero castigo, es que ella ya no me visite más. Esa es mi condena: que ya no puedo ser la que era cuando estábamos juntas.

Ella, mi amiga… mi amiga de la infancia. ¡Qué dulce es el sabor de la palabra amiga! La amiga inseparable volvía ahora, justo cuando más necesitaba yo su compañía, su aliento… Ella, la compañera de juegos, de plaza, mi aliada en las primeras travesuras había vuelto inexplicablemente a mi vida y volvíamos a jugar, como cuando éramos chicas. Bueno, no de la misma forma. No a los mismos juegos sino a otros, menos inocentes.

Me acuerdo de que nos conocimos en la escuela cuando se organizó el juego del amigo invisible entre todos los quintos. Nunca nos habíamos fijado la una en la otra pero nos tocó juntas, tendríamos diez años. Firmábamos las cartas con un T.A.I. que, creíamos, ningún grande entendería. Todos los sobres que cruzábamos venían con ese T.A.I. dibujado en distintos colores. Los dejábamos en la palmera que estaba en el patio y siempre había uno que lo encontraba y gritaba como un cartero: *¡¡¡¡Carta de TAI para Fulanita!!!* Y la tal Fulanita corría enloquecida hacia su carta, mientras todos los demás la envidiaban un poco, disimulando. Desde ese momento nos volvimos inseparables. Quién diría que de grandes volveríamos a juntarnos, que unos cuarenta años más tarde volveríamos a jugar juntas. Dos cincuentonas hablando a los gritos por la calle, riéndonos de alguien, haciendo travesuras, como si volanteáramos hacia atrás y escapáramos a toda velocidad del precipicio de la realidad. A mil por hora. Riéndonos en plena noche, en plena calle. Dos pendejas borrachas, a los tumbos, rebotando contra las paredes y resbalando en nuestro propio vómito.

No es fácil para una mujer de cincuenta, digan lo que digan. No exagero: desde que los cumplí me convertí en un lamentable cliché: el marido de toda la vida que te deja por otra, las hijas que ya no quieren verte, la pérdida del trabajo ante tus reiteradas inasistencias y tu improductividad, justo cuando te quedaba tan poco para jubilarte. Los insoportables "calores" de los que nadie te cuenta la verdadera dimensión, los ataques de ira y los de pánico... la depresión... Todo cayendo sobre tu espalda al mismo tiempo. Implacable.

Mis tres amigas, las de toda la vida, se apartaban de mí y literalmente no tenía a nadie en quien confiar. Y así, después de meses de sufrir catástrofe tras catástrofe, y de revolcarme en la cama llorando de frustración y soledad me hundí en un pozo depresivo realmente profundo del que nadie se enteró. Y ya no protesté más, no me rebelé más... pero tampoco me levanté más. Pensé en lo inevitable: la muerte, la única salida posible. Pero más allá de jugar con la idea –ocupaba la totalidad de mis pensamientos de la mañana a la noche– nunca reuní el valor, lo reconozco. No pasaba de mirar la navaja, de clavarle los ojos y de obligarla a acariciar la piel de mis muñecas durante horas. La hacía dibujar sobre mí una y otra vez figuras geométricas sintiendo el inmenso poder de la muerte – el alivio de la muerte, sí– sin atreverme nunca a hundirla en la carne.

Y mientras todo eso pasa y cuando ya creés que llegaste al fondo, absurdamente y sin lógica alguna, reaparece de la nada tu mejor amiga de la infancia y te ofrece su mano y tira para arriba con fuerza. Y te hace doler el hombro y el codo y la mano de tan fuerte que tira, pero gracias a Dios que tira. Y cuando lográs respirar sentís que le debés tu vida entera y que se la darías con gusto, en agradecimiento.

Nos habíamos dejado de ver en la adolescencia y ahora –así como así– ella volvía a mi vida para salvarme. ¿De dónde venía? Nunca supo explicarlo y era lo que menos me interesaba saber. Pero allí estaba. ¡Se la veía igual, incluso mejor! Se apareció sentada en el borde de la cama, acariciándome el pelo en plena noche. Creo que hacía meses que no me movía tan rápido. De dónde saqué las fuerzas no lo sé, pero el abrazo que le di pudo haberla asfixiado. Que se apareciera así fue un regalo, un verdadero regalo del destino. No explicó cómo había entrado a mi departamento, pero yo estaba tan conmovida y agradecida de que volviera, mi querida, mi amada amiga de mis días de escuela, que tampoco seguí preguntando. «Volví porque me necesitabas», decía, sólo eso, una y otra vez. Y agregaba: «Y porque yo también te necesitaba».

Se había vuelto desenfadada, o más bien: desenfrenada. Según recuerdo ella no era así antes, pero claro, habían pasado muchos años. Se había vuelto algo misteriosa también: escondiéndose cuando intento presentarle a alguien con quien me cruzo por la calle. Simplemente se niega y en un segundo se esfuma. Cuando vuelvo la cabeza ya no la encuentro y tengo que disculparme. Me miran raro, se lo he reprochado a ella una o dos veces: «Me estás haciendo quedar mal». Pero la entiendo, seguramente algo de la timidez que le recuerdo de la infancia todavía le afecta y prefiere esconderse de los demás.

Mi amiga me pide que recordemos aquellos juegos. Y me propone desafíos que asegura me van a divertir mucho. No, a mí no me divierten y me niego rotundamente a cumplirlos. Pero ella es tan hábil que termino aceptándolos uno tras otro. Me muero de miedo segundos antes, pero la busco con la mirada y la encuentro observándome desde detrás de alguna columna o algún árbol, dándome fuerza; y entonces tomo confianza en mí misma y lo hago. No quiero defraudarla, juro que lo último que haría sería defraudarla.

✳✳✳

Gracias amiga, me devolviste eso: la confianza, ni más ni menos. Lo más valioso que puede tener una mujer de mi edad, la llave que permite abrir todas las puertas que una quiera. Nunca podré reunir las palabras justas para agradecértelo, amiga, amiga querida... ahora que te fuiste.

Recuerdo uno de los primeros desafíos que me pusiste, querida amiga. Recuerdo que me negué a cumplirlo y amenazaste con abandonarme para siempre. Fuiste terminante, dijiste que sería importante para mí, y para vos también. Y punto. Que ya te daría las gracias cuando me diera cuenta de lo bien que me sentiría. Claro que me di cuenta, apenas logré concretar el primer desafío lo sentí. ¡La vida volvía a correr por mis venas, volvía a ser dueña de mí, de mi cuerpo! Me daba cuenta, sí, y me doy cuenta ahora el bien que me causabas con cada desafío, me hacías sentir viva. ¡Claro que te di las gracias! Lo hacías para que me superara a mí misma, para que lograra ser valiente, y paso a paso, reto a reto, lo fui logrando. A último momento dudé, pero me planteaste lo que ocurriría si no lo hacía y sentí que lo decías en serio. Aterrorizada de pensar que de verdad me abandonarías, me acerqué al tipo con muletas que me señalaste por la Avenida 9 de Julio. Creo que tenía una pierna cortada, algo así. La cosa es que me le acerqué desde atrás a aquel engendro y le pateé una de las muletas con furia, mandándolo al diablo a él y a sus inmundos palos que volaron como condenados por el aire. Qué risa nos dio sentir los gritos de la gente y unos vidrios que no sé dónde se rompieron. Fue un momento memorable. Como dos salvajes corrimos hacia el lado contrario, mientras el tipo puteaba tirado en plena calle y otro apenas más joven nos perseguía unas cuadras gritando: «¡Hija de puuuuta!» (al parecer solo me vio a mí) hasta que nos perdió por el tránsito. Cuando al fin nos vimos fuera de peligro y logramos recuperar un poco el aire no dejamos de abrazarnos girando a carcajadas como un trompo, dobladas del cansancio y de la risa, en éxtasis, ante la mirada de la gente. Ahora que me acuerdo, juramos que lo haríamos mil veces más, pero según creo no fue así. ¿O sí? ¿Ves?, ¿ves cómo te necesito? Sola no sirvo ni para recordar esas cosas.

Robarle al viejo choto fue algo fantástico, también. Se quedó duro, mirándose la mano vacía de la que le arrancamos el maletín en menos de un segundo, sin reaccionar. Nos recuerdo corriendo, yo con la maldita cosa incómoda contra el pecho, doblando la esquina, llegando al parque, riendo. Lo vaciamos bajo un árbol, estaba lleno de papeles inútiles. El fajo de billetes nos lo gastamos en alcohol, que bebimos muertas de risa en mi departamento, juntas durante toda una semana entera, qué delicia. Recuerdo que cuando me levanté y fui al baño todo estaba salpicado de vómito y vos ya no estabas. Temí haber dicho algo malo mientras estábamos ebrias, temí no verte más y temblé ante la sola idea. Pero al rato reapareciste como si nada, fresca y con ganas de más. Era absolutamente maravilloso volverte a ver, parecía que te invocaba con mi mente y te aparecías.

Veíamos películas juntas, tiradas en la cama como dos adolescentes, burlándonos de los personajes, imitándolos mientras comíamos maní con chocolate. Cuando alguno hacía algo que no te gustaba o decía algo muy cursi le tirabas maní a la pantalla y gritabas: «¡Piquete de ojo!». ¡Me resultaba tan gracioso! El televisor y la pared quedaron cubiertos de manchitas marrones; después te levantaste y chupaste la pantalla. ¡Puerca! ¡Qué risa, por favor! Esa era mi recompensa por hacer todo lo que me pedías: tu compañía, tus charlas... las risas... esa era la mejor paga.

Así fueron pasando los desafíos. Algunos eran muy tontos, pero encerraban también su riesgo. Me parecían humillantes, como cuando me pediste que cagara en público, en plena calle. O cuando nos robamos el bebito... ¿Te acordás de la cara de la madre? Se lo dejamos ahí cerca, tirado, ni un rasguño, ¡tanto escándalo!

Y con cada desafío que superaba vos me decías: «¿Viste? ¡Tanto miedo, tanto miedo... y no pasó nada, pendeja!». Era verdad, nunca pasaba nada. Y también era verdad que éramos dos pendejas. Sentíamos que nada nos detendría. Y nada nos detuvo, amiga.

Eso sí, lo sabés bien: pensé que no podría cumplir el último reto que me propusiste. Ya parecía demasiado. Pero me convenciste una vez más, amiga. Y qué bueno que me convenciste. Fue una experiencia única, me sentí viva. Dijiste que así sería y así fue. Fui poderosa, poderosa de verdad, ¿entendés? La experiencia de ser Dios, y ser la Muerte al mismo tiempo... ¡uff! De verdad que fue fantástico. Sentir que la vida de un tipo te pertenece y en un instante... *¡fuuuff!*... ¡se la soplaste... se le fue! Y sí, se la quité yo, nada menos. ¡Yo! Y se la quité porque sí. Así. Listo. Fácil. La navaja esa al fin sirvió de algo. Me explicaste veinte veces que sería así y una vez más no te equivocabas. El tipo no era nadie para mí, qué importaba. Yo no elegí al tipo. Como a todos los demás, eras vos quien me los señalaba. Decías: «A ese», levantando el mentón. Y sobre ese caíamos. Y yo, que como siempre me resistía al principio, después lo encontraba inexplicablemente delicioso.

Esa vez no supe quién era hasta no estar ahí. Te pregunté por qué viajábamos en colectivo tantas horas para dar con él y no a algún otro que nos quedara más cerca. Me dijiste que te había hecho algo malo. Usaste esas palabras infantiles: «algo malo». Quise saber más, saber qué te había hecho y te negaste a decírmelo. Quise cambiar de tema, te recordé que poco antes de los diecisiete nos habíamos dejado de frecuentar. «¿Te acordás que nos radicamos en Córdoba por el trabajo de mi viejo, en esa época? Y ya no volví a saber de vos». No quisiste responder. Te quedaste callada mientras mirabas por la ventana y en el vidrio empañado trazaste ese número, el 17. Me culpé por haber causado tu silencio con mis estúpidas preguntas. Tu humor había cambiado de pronto.

Bajamos del colectivo y nos pusimos a caminar. Yo te miraba de reojo, sin hablar, pero seguías en tu mundo. Ya estábamos ahí y todavía tuviste que volver a convencerme porque yo no quería hacerlo. ¡Te costó más que las veces anteriores, sí, ya sé! Sé que me resistí hasta último momento y que casi te fallé. Pero no pude aguantar la angustia de sentir que no volvería a verte. No pude decirte que no, amiga. Una vez más no pude. Y finalmente se hizo tu voluntad. Y soplé: ¡*fuuuufff*! y... se fue. El tipo se fue.

Y ya no te vi más, eso es lo que lamento de verdad. Una y otra vez me castigo por haberte perdido. Ese es mi remordimiento. No sabés cuánto, cuánto me arrepiento.

Me habías dicho que seguías viviendo en la misma casa de la infancia y como pasaban los días y no volvías –pasé toda una semana infernal de ansiedad, subsistiendo gracias a las pastillas y al alcohol– allí fui. A tu casa, sí. Fui por desesperación.

Tomé dos colectivos y viajé más de dos horas. Claro, la vida había separado mucho nuestras casas. Ir a buscarte hizo que apreciara mucho más tu sacrificio de venir a verme a horas insólitas, viviendo tan lejos. Cómo te lo agradezco, amiga.

Toqué el timbre y me abrieron. Pregunté por vos, di tu apellido. Vivía ahí otra gente ahora, otra familia. Me atendió un tipo gordo; unos perros ladraban sin dejarnos hablar y hasta que no los pateó no pararon. El tipo negaba conocerlos a ustedes y sacudía la cabeza ante cada dato que yo le daba. Me dijo que ellos se habían mudado ahí hacía años, como unos veinte años o más, ya no se acordaba cuántos. Cuando di el nombre completo de tu mamá dijo que sí, que algunos impuestos de tanto en tanto todavía venían dirigidos a ese nombre, Longoni, sí, que le sonaba, pero que él no los conoció a ustedes. Que lo único que podía decirme era algo que le habían contado los vecinos: que ahí vivía una familia a la que se les había muerto la hija. Que se comentaba que un tipo de acá cerca, el novio, la había matado... a los dieciséis, diecisiete años, no se acordaba. «Ahí fue cuando se fueron», dijo. «Vendieron». Y el tipo ese –el novio de esa chica– seguía viviendo ahí cerca, eso me dijo. Pero, y mirá qué curioso: lo habían acuchillado en esos días. Justo.

Se ve que estaba confundido el hombre. Que hablaba de otra familia, amiga.

Nada que ver. Nada que ver.

Tatiana Ramos Bosch - 2013

Venezuela / Estados Unidos

Una auténtica mezcla de nacionalidades le da forma a Tatiana Ramos, doctora en Ciencias de la Información de la Universidad de la Laguna en España. Se formó como periodista en los medios más prestigiosos de Venezuela como el *Grupo Editorial Producto*. Vive en Miami desde el año 2003 con su hijo. Fue editora para las revistas especializadas del grupo Izarra de Estados Unidos. Actualmente trabaja en investigación de medios con la empresa Clear Channel y escribiendo en prensa Hispana bilingüe como *I NY BN* de Key Biscayne o *In-News* que circula en el Sur de la Florida. Es profesora activa del College Of Business & Technology de Miami.

Desde muy temprano se inclinó por escribir relatos, pero es con Contacto Latino que decide destapar su faceta de escritora de ficción para con ello lanzarse a la carrera editorial con el mejor impulso posible: en el grupo de finalistas del Primer Concurso Internacional de Relatos Pecaminosos para Pukiyari Editores.

Efectos Secundarios

«Ruega por él, ruegaporél, ruegaporél...», repetía incesante el loro que habitaba en la casa contigua a la funeraria más barata y mísera de todo Monteazul, mientras una delgadísima anciana sostenía un rosario frente al féretro y balbuceaba las letanías sin saber qué estaba diciendo. No había encontrado el libro de oraciones sino el *Almanaque de los Hermanos Rojas*:

—Cuarto menguante...

—...ruega por él —decía el loro sin falta.

—Batalla de Los 4 Soles...

—...ruega por él

—Cumpleaños de Martín Lutero...

—...ruega por él.

Durante largo rato siguió saltando páginas, buscando el nombre de algún santo conocido, pero entre su tristeza y la falta de compañía, optó por guardar el libro y darse golpes de pecho. El loro enmudeció, como si supiera que allí se estaba velando a un muerto de pocos dolientes.

Cansada y con los juanetes molestando más que de costumbre, Soledad del Pino se sentó. Sacó un espejo de su bolso y comenzó a retocarse el maquillaje. Era evidente que llevaba varias cirugías plásticas. Tanto bótox le impedía mostrar el verdadero dolor que sentía. Por más que quería revelar su consternación, las cejas tatuadas hacía años y la boca desflorada eran propias del *vaudeville* y no de la madre que acababa de perder a su hijo mayor.

Había llegado hacía no mucho rato, luego de que el dueño de la funeraria, Lázaro Camino, le avisara que todo estaba listo. Era un hombre repulsivo, siempre con aquel olor avinagrado, con las manos extremadamente pálidas y suaves, las uñas tan amarillas como la sonrisa, los labios delgados y ese bigotito como pintado. Vestía siempre de gris, con pajarita negra y camisa negra. Decía la gente que era para ocultar el sucio en la ropa, pero la grasa en el pelo era difícil de esconder. Cuando andaba arremangado, nadie se acercaba ni por error al recinto, eso indicaba que estaba en plena faena arreglando al cliente del día.

Camino Real fue en su momento un buen negocio. Ya no tanto. La competencia era fuerte. Nadie quería trabajarle y dependía del hampa común como fuente de referidos.

Además del forense, sólo él había examinado el cadáver. Revisó exhaustivamente los dientes, por si acaso encontraba alguna corona de oro, sin valor nutritivo para los gusanos, pero sí para su golpeado bolsillo. Era capaz de guardar secretos hasta la tumba —literalmente— aunque esos secretos y la tumba en cuestión fuesen ajenos. Sabía muy bien quién era el muerto de turno. «Una joyita», balbuceó consciente de que nadie estaba allí con él. Notó algo en las encías que le llamó profundamente la atención. «No seré un matasanos con título, pero no necesito academia para identificar esto».

Presumía más que muchos galenos sabiondos. Tenía el pasatiempo secreto de leer literatura forense. Conocía la terminología, procedimientos y protocolos. Fue exhaustivo con el difunto. Ahora sabía exactamente cómo había muerto Alain. Tomó el certificado de la morgue y allí leyó: asfixia. Soltó una risita macabra. Miró hacia el escritorio repleto de papeles. Revisó la pila de periódicos de los últimos días. Encontró lo que buscaba. Levantó la mirada y regresó a la tarea de preparar al hombre que estaba sobre la mesa de trabajo.

Procedió a remover con tensa calma el oro de la boca, y el anillo. Para poder quitarlo tuvo que amputar el dedo, que luego volvió a pegar con *crazy glue*. Notó que en el pecho tenía tatuado a fuego la figura de la Virgen de Cundeamor, lo habían marcado como quien marca a un toro. «A juzgar por el tamaño del medallón, será una buena cantidad de dinerito adicional, que no tendré que declarar al departamento de Rentas Nacionales». Buscó y rebuscó. «Ladrones», refunfuñó. La medalla no estaba por ningún lado. Notó otras marcas mientras seguía buscando lo que los forenses jamás observarían.

Tomó un par de tragos a pico de botella, sacudió el sudor que le bajaba por las sienes y prosiguió. Dentro de poco comenzarían a llegar los deudos. «Deudas, en realidad», dijo mientras se reía solo del chiste con doble sentido.

Al rato Lázaro Camino se le acercó a Soledad, le tomó las manos y le dio la factura de la funeraria. Soledad no levantaba la vista de los zapatos llenos de polvo de Lázaro, quien a pesar de su aliento a alcohol insistía en darle compañía.

—He recibido muchas llamadas, hasta de la policía. No estoy acostumbrado.

Se alisó el cabello que destilaba grasa, se ajustó la pajarita y se sentó al lado de Soledad sin soltarle las manos.

—¿Hay café? —comentó Soledad para cambiar el tema.

La ayudó a levantarse para ir hasta un pequeño salón en donde había una cafetera americana con olor a quemado.

—Lo puse a hacer desde temprano y... Digamos que preparé esto para más gente. Ven, acá tienes el azúcar. Y unas galletitas. En Funeraria Camino Real, el servicio es ideal.

—Mala hora para ponerte de publicista —le respondió Soledad.

—En Funeraria Camino Real, a ti y al muerto lo tratamos por igual —dijo una mujer cuarentona de amplia sonrisa que acababa de llegar—. Hola Soledad, cuánto tiempo. A ver si me recuerdas. Es posible que no, tanto *propofol* tienes que haberte desoxigenado el cerebro. Ja, ja. Señor Camino, a este lugar le hace falta un letrero un poco más grande. Desde afuera es casi imposible encontrarlo. De hecho, le pagué a unos jovencitos para que se colocaran en la entrada de la calle con unos carteles que dicen: «Al funeral de Alain por aquí». Sé que vienen muchas personas a… bueno a asegurarse que no hay un error, ja, ja. Ay Soledad quita esa cara larga, tú sabías que esto iba a pasar tarde o temprano.

—Debería recordarte, pero estás diferente —dijo de pronto reflexiva.

Aprovechando el diálogo súbito, Lázaro se retiró a su oficina en donde le esperaba una botella de Anís del Mono.

Andrea no dejaba de hablar. Se quitó el abrigo y dejó al descubierto un cuerpo perfecto, botas altas color naranja, minifalda y una camisa minúscula que exhibía no solo las redondeces de musa, sino unos abdominales de envidia.

—Claro, claro, me recuerdas más gordita. Siempre te odié por eso. Ja, ja. Aquí no hay ni una sola visita al hospital —afirmó mientras se agarraba las tetas y la cara.

—Pero supongo que te mudaste a un gimnasio.

—Mejor que eso. Me casé con el dueño del gimnasio. Perdona si no vestí más acorde con tu estilo, pero es que siempre me gustó el naranja.

—Alain lo odiaba.

—Sí, lo sé.

Soledad bajó la mirada y se mordió los labios levemente. Se manchó de pintura los dientes y Andrea no le dijo nada. Sonrió burlona al verla así. Cerró los ojos por un instante, contuvo la respiración y entró a la capilla para ver al muerto.

—Hijo de puta. Con el perdón de tu santa madre. Bueno, lo de santa es un decir. Allá está, tomándose un café. Escapando de las explicaciones. No vayas a pensar que vine a saludarte. No, Alain, vine para decirte que hace muchos años rehíce mi vida. Quería verte así: sin voz, sin aire, sin poder.

Se le atravesó un pensamiento tenebroso. ¿Y si está vivo y esto es un teatro para librarse de algún problema? Tomó una bocanada de aire y se preparó para aguantar el mal olor que seguramente estaba a punto de descubrir. Abrió la tapa de vidrio y colocó un espejito debajo de las fosas nasales. Nada. El tipo sí estaba muerto. Lázaro se le acercó con una caja de pañuelos de papel.

—Déjeme cerrar la tapa. Es que el formol y las cosas con las que se prepara un cadáver huelen muy fuerte.

—Y el muerto también. ¿Quién lo arregló? —dijo mientras aceptaba la caja de pañuelitos y tomaba uno para cubrirse la nariz con asco.

—Yo mismo.

—No sabía que teníamos un 'tanatopráctor' en la zona. Lo felicito. Cuando lo estaba arreglando... ¿Notó algo?

—Honestamente señora mía, hice lo mínimo requerido por ley. La autopsia determinó como causa 'asfixia'. ¿Duda que esa sea la razón?

Conversaron un rato más. Andrea no lograba sacar la información que quería: cómo había muerto Alain, pero, sobre todo, a manos de quién. A Lázaro le llamaba la atención la extrema curiosidad de la chica por conocer las causas de la muerte. Le dio algo de morbo el tema y se hizo el interesante. El anís podía esperar. *Esta mujer es un espectáculo, y por lo visto esconde algo*, se dijo. De inmediato hizo un cálculo mental que guardó para sí.

Soledad regresó y Andrea salió. Lo menos que quería era estar cerca de esa bruja que jamás hizo nada para ayudarla, ni cuando Alain la mandó al hospital al fracturarle la nariz de un golpe, y empujarla por las escaleras. El sonido de un motor poderoso en el pequeño estacionamiento del local sacó a Andrea del estupor. Caminó hacia su vehículo para asegurarse de que no se tratase de delincuentes. Se le iluminó el rostro. Era una antigua conocida que llegaba justo a tiempo.

—¡Mercedes! Pero qué guapa...

Unidas en un abrazo solidario. Rieron y comentaron sobre sus respectivos vestuarios. El pantalón de cuero súper ajustado realzaba la figura de Mercedes, otra cuarentona muy bien conservada.

Entró corriendo a la capilla, sin contemplación ni permisos, ni saludos o protocolos. Se acercó a la tapa de vidrio del ataúd y la escupió profusamente.

—Ni se te ocurra reclamarme nada Soledad, mira que tengo litros de saliva para ti también. —Amenazó de espaldas a la madre—. Alain ya debe estar despellejándose en algún horno comegente del infierno.

Andrea la agarró por un brazo y la sacó de allí.

—Debes calmarte —dijo riéndose—, si le hubieras visto la cara. Parecía el villano de Batman...

Mercedes no pudo evitar la pregunta:

—Y, ¿ya sabes...? Es decir, ¿se conocen las causas o causa de su muerte?».

Andrea negó con un gesto.

—Asfixia. Eso es todo lo que sé.

Andrea y Mercedes se conocieron en las reuniones de terapias de grupo para víctimas de la violencia doméstica. Ambas a manos del mismo verdugo. Desde entonces quedaron como amigas inseparables. Hermanas de sangre. Casi literalmente.

Comenzaron a llegar otras mujeres al funeral. Ninguna a llorar o dar gritos de tristeza. Entre risas y suspiros de alivio alguna más osada que otra preguntaba la causa de la muerte y luego miraba de reojo a su alrededor. Como si una sospecha general cundiera en el aire. Entonces llegó Rosa, y todas buscaron la manera de escuchar lo que tenía que decir. Ella era médico forense, justamente la que firmó el certificado de defunción. La que podía tener la verdadera explicación de la muerte de Alain.

Rosa llegó a la ciudad de Monteazul para poder estudiar medicina en la Universidad Regional del Oeste. De inmediato cayó en las garras de Alain, quien no perdía tiempo en ir directo al grano. La vio sola, sin amigos, sin familia, con casa propia, carro del año, guapa, independiente, y a las dos primeras líneas de conversación, Alain calculó que podría vivir con ella unos meses antes de la boda con Violeta. La absorbió completamente, hizo que ella no tuviera grupos de estudio, ni tiempo para conocer a nadie más. Cada vez que podía le decía que ella tenía una gran suerte de habérselo topado en la vida. «Mira que eres dichosa, con lo gorda que eres, aquí nadie voltearía a verte». Ella no era gorda, un poco rellenita nada más. Se la pasaba a dieta, y se angustiaba mucho si la báscula subía aunque fuesen unos gramos. Una vez Alain le regaló un jersey blanco bastante feo, dos tallas más grandes que la de ella. «Te queda perfecto, así no pasarás frío cuando yo no esté para darte calor», le dijo él con sorna. Con el tiempo supo que ese abrigo, que además era de muy mal gusto, se lo había robado Alain a la que sería su suegra.

Todas sabían que a Rosa la utilizó al igual que a ellas. Hubo un silencio respetuoso que Mercedes interrumpió:

—¡Cuéntanos todo lo que viste y todo lo que hiciste! —le rogó.

Se alejaron hacia el pequeño salón donde estaba el café y cerraron la puerta. Procedió a contar la autopsia.

—Tomé la sierra. Lástima que no podía descuartizar el cuerpo y dárselo a las ratas que normalmente merodean en la basura. ¡Sería tan poético que unos roedores dieran cuenta de Alain! Pero sí podía hacer algo con lo que soñé muchas veces después de enterarme que Alain se acostaba conmigo mientras le proponía matrimonio a otra. Para más calambre, se llamaba Violeta. Rosa yo, Violeta la otra. Vaya mierda de flor en flor. En paz descanse Violeta por cierto…

**

La sierra rechinaba en los pasillos, en las ventanas, en las paredes. Piel y sangre brincaban por todos lados, humores, líquidos viscosos, pellejos y pelos se quedaban pegados de la máscara que cubría el rostro de la doctora. Era una autopsia forense normal. No hizo falta pasar por procesos complejos. La identificación fue instantánea. El policía que lo llevó a la morgue, lo detuvo varias veces, pero jamás logró encontrar pruebas para llevarlo de una vez por todas a una celda donde pasara el resto de sus días. Se limitó a tomar las fotos de rigor y a meter los efectos personales en una bolsa. Luego dejaron al cadáver en la nevera.

—Rosa te tengo una sorpresita —le dijo el oficial. Y antes de abrir el cierre del saco negro donde estaba Alain gritó—: 1, 2, 3 pollito inglés.

Rosa soltó la carcajada pero a medida que iba reconociendo al cadáver, la risa se fue transformando en emoción profunda. Luego sonrió con un extraño placer que llevaba años sin sentir. Abrazó al policía con el que compartía el duro trabajo forense, y le invitó un trago. Apagó las cámaras de seguridad por un instante. Abrió una neverita y sacó dos coca-colas dietéticas.

—Ajá, mal pensado. No puedo beber ni un tinto de verano mientras trabajo. Así que salud con soda.

Mientras bebían de la lata, la puso al día en cómo habían encontrado el cuerpo, le mostró las fotos, las anotaciones y demás detalles típicos. Despidió al compañero, encendió la video grabadora, cámaras de seguridad y comenzó el protocolo. Revisó todos los orificios, tal y como está indicado. Tomó muestras y comprobó que el esfínter anal estuviese relajado.

Ahora terminaría sin videos ni testigos lo que hace muchos años hubiese querido hacer, de tener la oportunidad. El colgajo que Alain siempre usó como instrumento de virilidad había respondido a la hipercapnia propia de la asfixia con la erección típica. No lo pensó dos veces y pasó la sierra de un certero golpe.

Se hizo el silencio. Contempló durante largo rato su obra. En la fría mesa de examen forense, yacía el cadáver de Alain del Pino, ladrón de futuros, rompe vidas, revienta almas. Allí reposaba con el pecho cosido a patadas, y el entrepiernas incompleto.

Rosa terminó el procedimiento. Salió de allí a coger aire fresco. Volvería a respirar sin miedo por la vida. Y sin miedo quedaron todas las que allí escuchaban el fin de Alain Del Pino, mientras Lázaro Camino en el umbral de la puerta sonreía sin ser visto.

***

Andrea, pálida por la descripción de la autopsia, se armó de valor para preguntar cómo se había producido la asfixia.

Antes de que Rosa respondiera, Lázaro la interrumpió:

—Señoras y señoritas, es para mí un gusto darles la explicación que todas han buscado desde que llegaron. A diferencia de ustedes, yo no le guardaba a Alain rencor alguno y menos aun cuando gracias a él tuve a bien recibir varios clientes —dijo persignándose—. Cuando reexaminé el cadáver pseudo-mutilado aquí por la galena, noté diferentes marcas de quemaduras en las encías, en el pecho y en todos los puntos donde había contacto con metales sobre el cuerpo. No es que yo sea capaz de buscar metales. Para qué, qué voy a hacer yo con eso, nada. Tomé el periódico, pues recordé que ese día llovió muy fuerte, con truenos y óigase atentamente: descargas eléctricas. Debido al tipo de quemaduras puedo deducir que Alain debe haber estado sin zapatos y en contacto con el suelo. Murió electrocutado por un rayo y no por asfixia, que por cierto es una confusión muy común entre los forenses. La asfixia es uno de los efectos secundarios y se produce cuando el paso de la corriente afecta al centro nervioso que regula la función respiratoria, ocasionando el paro respiratorio.

Rosa lo aplaudió con cinismo y agregó:

—Que levante la mano la que alguna vez haya dicho: Que lo parta un rayo.

Entre carcajadas salieron todas a celebrar, dejando a Soledad encargándose del estorbo para el que no hubo ni oraciones, ni lágrimas, ni flores.

Jorge Emilio Bosia - 2013

Argentina

Nació en Témperley, provincia de Buenos Aires, Argentina, hace cierto tiempo.

Se graduó como profesor de Filosofía en la Universidad de Buenos Aires a los 26 años.

Ocupó varias cátedras de materias filosóficas en la Universidad del Salvador (Buenos Aires), y otras universidades y colegios hasta sus 37 años, en que abandonó la vida académica oficial.

Desde entonces es astrólogo profesional, trabaja como consultor privado y enseña en su propia escuela de astrología, que forma parte de Proyecto Trenkehué, emprendimiento dedicado a la investigación, enseñanza y práctica del pensamiento simbólico, que co-dirige junto a su esposa.

Es autor o co-autor de los siguientes libros, editados y publicados, sobre filosofía, astrología, mitología y política: *El saber del mito; Danzando con el cosmos; Astrología, psicología y terapia; Eros-egos-ecos; Tiempo y existencia; Hacerse humano – Filosofía y astrología; Formas del devenir – Las leyes ocultas del zodíaco; Estrategias de la emoción –La Luna astrológica como clave de nuestro comportamiento; Astrología y educación.* También de numerosos artículos publicados en revistas, así como participante en varios programas de TV sobre mitología. También es escritor de cuentos y poesía.

Es el creador y administrador del blog: Jorge Bosia, astrología argentina (http://www.jorgebosia.blogspot.com.ar/), en el que se pueden encontrar muchos de sus cuentos y artículos diversos.

Los placeres de Virgilio

No había podido desayunar, me atormentaba la ansiedad.

Me costaba creer que al final de esa tarde por fin me encontraría con ella y que la iba a coger. Habían sido meses de mensajes provocativos que me inflamaban hasta el arrebato, seguidos de objeciones ambiguas que me hundían en la desesperanza, de infinidad de tiras y aflojes, de negativas indecisas o decididos mensajes seductores, pero todo por correo electrónico.

Cierta vez escribió: «Usted sabe —ella fue la que subrayó el 'sabe' con las cursivas, modalidad de letra que, a partir de entonces, quedó libidinosamente ligada a mi existencia— que estoy enteramente —del mismo modo destacó el 'enteramente'— a su disposición Virgilio». Llevándome casi a la cúspide de una certeza que me excitó durante horas. Pero ante mis ofertas fogosas se empantanaba en la irresolución, contestaba con evasivas y postergaba todo para un «más adelante» que me sumía recurrentemente en la frustración. Aunque es cierto que jamás cerró la puerta. Sus ambiguas negativas terminaban a menudo con expresiones provocativas que me despistaban. «Usted sabrá cómo mejorar esa propuesta», escribió en una oportunidad, arrojándome a una enloquecida cavilación durante días. O aquella ocasión en que cambiando su tipo habitual de letra por el 'Constantia', lo que tomé como un obvio mensaje cifrado, declaró: «No crea que quiero dar por terminada nuestra cálida amistad»; precisamente en el instante en que acababa de dar largas a mis cada vez más ardientes invitaciones para concretar un encuentro que llevara a entrelazar nuestros mutuos deseos. O, para abundar, aquel día que preguntó sugestivamente: «¿Qué pretende usted de mí, Virgilio?»; lo que reforzó por enésima vez mis alicaídas esperanzas.

Sin embargo, mi paciencia tuvo su premio. Luego de seis meses de idas y venidas, de propuestas reiteradas, ofertas desmesuradas y demandas imposibles, ella accedió a una cita. Y no sólo eso: propuso que me acercara a su casa y a una hora de la tarde que, con sólo leerla en pantalla me suscitó una erección instantánea.

Yo había mostrado todas mis cartas, así que le aclaré que asistiría siempre que jugásemos sin reservas de ninguna clase y a lo que acaeciere del mismísimo choque de nuestras apetencias. Remarqué que lo único que me empujaba a encontrarme con ella era mi deseo loco y largamente acariciado de conocerla en el sentido más completo del término, es decir, en cuerpo y alma, y que iría con la intención de conseguir lo que yo denominaba 'el premio mayor'. Ella aceptó en todos sus términos mi planteo e inclusive lo profundizó, escribiendo que dejásemos la situación librada al exclusivo arbitrio de los apetitos más salvajes y brutales, que meses de relación electrónico-epistolar le habían dado la confianza necesaria para entregarme su más preciada prenda.

Comprenderán entonces por qué ese día el tiempo se derramaba para mí con la lentitud de un chorro de miel dorada. Creo que estuve caminando durante horas. No sé, en verdad, si durante ese largo día hice otra cosa que esperar la dulzura de su contacto. Pero todo llega y finalmente se acercó el momento crucial.

Toqué el timbre casi temblando de excitación. Me recibió una mucama que me condujo sin hablar hasta una habitación que se abría a una gran celosía vidriada; allí me dejó solo, señalando únicamente el picaporte y retirándose con la sutileza de una brisa cálida.

A través de los vidrios biselados y de diferentes colores se alcanzaba a ver su silueta soñada. Estaba reclinada sobre un amplio sillón tapizado en color rojo carmesí, de frente a una gran ventana que dejaba adivinar el jardín. Yo sabía que estaba allí sólo por mí y para mí, y hasta llegué a suponer que me observaba de algún modo sobrenatural y misterioso. Su cuerpo ambarino reflejaba la media luz del final de la tarde en ese momento mágico del día en que el sol, ya oculto tras el horizonte, ilumina todavía el cielo de un azul profundo. Desde el comienzo había pensado que su perfil era inigualable, pero ese atardecer, acaso por el ángulo en que penetraba la luz a través de la cortina transparente, era un espectáculo imposible de olvidar.

Entré haciendo un ruido suave; ella, por supuesto, no se movió, y enseguida comprendí que debajo de la capa azul de pana que la cubría casi completamente subrayando todas sus redondeces, no había nada más que su desnudez; el cierre se extendía desde el cuello hasta lo que, en mi acalorada imaginación metafísica no dudé en concebir metafóricamente como su cáliz esencial.

Era tal como la había imaginado por las fotos —pocas pero insinuantes, por cierto— que ella me había enviado en distintas oportunidades. Yo ya adoraba, por haberlas recorrido imaginariamente, todas sus curvas; pero ahora podía verlas y seguramente tocarlas con mis propias manos y no ya en un juego ficticio de la imaginación. Esa sola convicción hizo que me atravesara una ola de intolerables apetencias sensoriales.

Me abalancé un poco torpemente sobre ella, que permaneció todavía inmóvil. Pasé mi brazo izquierdo por detrás de su cuerpo y bajé lentamente el cierre con la mano derecha hasta su tope, rozando con el canto de la mano su secreto grial, y dejando parcialmente a la vista un cuerpo tostado que me enardeció al instante. Deslicé mi mano derecha muy lentamente desde arriba hacia abajo, gozando de que el desplazamiento de la capa fuera descubriendo de a poco cada centímetro de su tierna materialidad y reconociendo los límites exteriores de la maravillosa órbita de la gran cadera. Me detuve en cada aparente irregularidad de su tez suavísima y lustrosa. Con el dedo mayor daba dos o tres vueltas suavemente alrededor de las casi imperceptibles protuberancias que iba descubriendo con delectación en mi aventura táctil. Decidí en ese mismo instante que la amaría, no tanto por sus perfecciones, que eran deslumbrantes, sino más bien por esos sutiles accidentes superficiales que alimentaban mi voluntad de acariciarla interminablemente. Ese viaje lento de placer me llevó hasta el pie, en el que me regodeé en una suerte de masaje indescriptiblemente bello de ida y vuelta por todas sus asperezas y suavidades.

Terminado ese primer largo periplo, me desesperaba por zambullirme en las parábolas superiores de su cuerpo adorado. Pero postergué ese paseo para que el hormigueo de la espera hiciera crecer la pulsión hasta lo inaguantable, para lo que decidí antes de ascender, recorrer incansablemente la cintura; acariciaba el lado izquierdo primero y después el derecho una y otra vez, baboseando cada centímetro de ese puente que unía tan bellamente el prometedor hueco inferior con las suaves y erectas sutilezas que me esperaban en la zona superior. Me demoré eternamente allí para luego, en un movimiento sorpresivo, elevarme hacia las turgencias de arriba. Gocé infinitamente al deslizar muy despacio los dedos a una distancia de medio milímetro de la superficie de sus cónicas elevaciones hasta llegar a los vértices duros que coronaban sus opulencias, creando esa corriente de electricidad que yergue el vello de la piel.

Luego me concentré en la línea recta del traste, deslicé mis dedos por entre uno y otro lado y casi entré en éxtasis cuando constaté el tono firme de sus formas perfectas. Me detuve también allí un tiempo sin tiempo.

Solo a continuación de este ritual que me insumió un período no medible por algo tan frío como el avance monótono de las agujas del reloj, me atreví a bajar por fin por el centro del cuerpo, sintiendo el tono vital de sus tripas, y hundir mi dedo mayor alternativamente en la tórrida profundidad de cada una de sus dos cavidades oscuramente prometedoras; investigué esos misterios casi como un demente obsesivo, pero con el mayor cuidado de no lastimar esas estribaciones fenomenalmente sensibles, y de las que dependían aquellos sonidos ardorosos que emitía cuando la tocaba en el punto preciso, o esos otros ecos guturales que luego no pude olvidar durante días enteros y que me transportaron a alturas que ninguna otra me había llevado a escalar jamás. Sumergí mi rostro en esas negruras durante el tiempo suficiente como para entibiar su alma delicada y su cuerpo que olía a canela.

Al cabo de un período que me resultaría difícil precisar, emprendí otra vez un ascenso hacia el cuello larguísimo y esbelto que remataba en la cabeza, de un porte soberbio, y no pude menos que mimarlo largamente; lo recorrí entero, aspirando su perfume de maderas exóticas, y estimulando todo el tiempo las cuerdas de su espíritu tórrido y entrañable. Creo que ajusté allí una a una todas las llaves de su sensibilidad. Su timbre grave y seductor, sus tonos sensuales que ingresaban quedamente por mis oídos, me incendiaban cada vez más.

Al fin la tomé completa y desde atrás en un abrazo que, para mí, duró siglos; la apreté entre mis piernas y froté con deleite sus fibras con mi recta vara; me perdí en sus aromas, mamé sus sabores indescriptibles, y acariciando su cuello largo y esbelto la calenté hasta llegar al punto exacto, pegando mi cuerpo al suyo para extraerle todas sus dulzuras únicas, sus voces, sus aullidos, sus suspiros, en fin, una por una sus resonancias más deseadas.

Después de ese éxtasis alocado en el que me transmitió de cuerpo a cuerpo sus pulsos vibrantes, desembocamos poco a poco en un plácido embalse, como quienes llegan a una amable y tranquila laguna luego de atravesar los alborotados rápidos de un río de montaña.

Estaba exhausto y deposité su cuerpo liviano, que todavía palpitaba, sobre el terciopelo carmesí del sillón. Ella estaba radiante, como nueva; yo, en cambio, debía recomponer el ritmo de mi respiración, agitada todavía, y recuperar el sentido del tiempo y el espacio.

Había caído la noche y no tenía idea de las horas que había disfrutado de semejante goce.

Ella me miró y comprendió enseguida que estaba entregado.

—¿Cuál es tu veredicto? —dijo entonces sonriendo maliciosamente—. ¿Tenía o no razones para preservar mi joya más preciada y no entregarla sino a quien supiera valorarla?

—Es la *viola da gamba* más maravillosa que he tocado —respondí completamente rendido—. La quiero sí o sí, no importa el precio.

Desde aquel día ella me acompaña en todos mis conciertos. Tengo otras, pero las circunstancias que rodearon nuestro encuentro la convierten en mi amada e inseparable compañera.

Miguel Baquero - 2013

España

(Madrid, 1966) es autor de novelas y cuentos. Como novelista, ha publicado las obras *Vida de Martín Pijo* (año 1999; 2ª edición en 2007), *Matilde Borge, aviador* (año 2003), *La rebelión de los insectos* (año 2009), *Vidas elevadas* (año 2010) y *Objetos perdidos* (año 2013). En estos momentos se halla buscando editorial para la que sería su sexta novela, *El confidente*, de tono humorístico.

Como autor de cuentos, ha publicado el volumen de relatos *Diez cuentos mal contados* (año 2008) y *Figuras de alambre* (año 2012). En el primer caso, se trata de cuentos de 'ficción futura', según su denominación, y se encuentra trabajando en una serie también de tono humorístico ambientada en tiempos futuros.

Sus cuentos han sido premiados en numerosos certámenes literarios, como el Gabriel Aresti, el Miguel Cabrera o el Jara Carrillo. Reseñista y colaborador habitual en numerosas publicaciones digitales, es autor asimismo de la miscelánea *A esto llevan los excesos* (publicada en el año 2009).

Amor a temporada

28 de diciembre

Para ir llevando la cuenta el año que viene, Mireia ha traído a la oficina el calendario de una tienda de bolsos. ¡Una tienda de la calle Serrano, nada menos! Solamente por esto, Mireia considera que el calendario es el colmo de la elegancia y el buen gusto... «¡Y además es reversible!», proclama con gran contento. Reversible significa, para Mireia, que tanto en el envés como en el anvés el calendario muestra la copia de cuadros famosos. «¡¿No es magnífico?!...». Yo estoy sentado junto a Mireia y, para el próximo mes de enero, caerá casi sobre mi cogote la *Lección de baile*, del pintor Degas... ¡Oh, sí, qué bonita escena evanescente en azul y rosa! ¡Un despliegue de suavidad hecha tutú! *Mais oui!*, la *Lección de baile* de Degás... Yo ya he visto esa estampa, cien mil veces, en las cajas de bombones, clavada con chinchetas en la pared de las peluquerías más deprimentes, sujeta con *cello* para cubrir la caja de contadores de los edificios más vetustos... ¡Degás y sus bailarinas ya mayores y reumáticas!: cansinos *relevés*, monótonos *demi-pliés*... Sólo esos negocios que aspiran a ser selectos, aristocráticos y distinguidos, pero que no pasan de aburridos, mediocres, e insulsos, ¡como esa tienda de bolsos de la calle Serrano!, pueden usar tal promoción. ¡Seguro que su razón social comienza, muy enjundiosamente, por «Viuda e Hijos», o «Herederos de...»! Más les valiera arramplar con la herencia, cerrar de una vez y jubilar a las putas bailarinas.

Por supuesto que no le digo nada de esto a Mireia... ¡Está tan ilusionada con el dichoso calendario...! En su lugar, le alabo la sensibilidad y, con el mayor disimulo, levanto un poco el pico de la hoja. Para febrero me están reservados los *Girasoles* de Van Gogh. ¡Éste va a ser, sin duda, un año muy largo! ¡Un año bajo el yugo de los herederos de no sé quién, en la calle Serrano, y sus bolsos de primeras marcas: Gucci, Chloe, Chanel, Louis Vuitton...! Recordar comprar imitaciones, anotó en un *post-it*. ¡Es la guerra!

Ellos lo han querido. Yo estaba tan tranquilo, sin meterme con nadie, y tuvieron que venir con su calendario y su horterez hereditaria. Recupero el *post-it* y anoto una frase más, *Recordar no dejar herederos*. ¡Es la guerra!

29 de diciembre

Pese a todo, estoy comenzando a apreciar el calendario. Hace un cuarto de hora, más o menos, Martínez, el oficinista Martínez, se ha pasado a felicitarnos el año. «¡Feliz salida y entrada! —decía—; ¡hay que ver, un año más!». ¡Apasionante conversación la de Martínez! De pronto, como los perros perdigueros al olfatear una pieza, se ha puesto rígido, los músculos en tensión… «¡Qué bonito calendario!», ha dicho. Estaba como hipnotizado. «¿Verdad que sí? —le ha respondido Mireia—. ¡Mira, las famosas bailarinas!». Luego ha presumido del establecimiento selecto en que se lo habían regalado. Después ha dicho: «A Fernando también le gusta mucho. Y Fernando tiene un gusto exquisito».

Yo me he levantado como movido por un resorte. Mireia me ha tomado del brazo y me ha acariciado con admiración… ¿He dicho ya lo buena que está Mireia?… Yo no sabía que, para ella, soy un tipo de gusto exquisito. ¿Desde cuándo lleva pensando así?, ¿qué habré dicho yo para que sospeche eso?… Mientras me lo pregunto, ella sigue acariciándome el brazo. Quieras que no, con tanto fregoteo, se me empalma el ciruelo y miro, beatífico, a Martínez…

30 de diciembre

Aprovechando el relajo general, Mireia se ha escapado esta mañana al centro comercial más próximo a hacer unas compras para fin de año. A eso de las doce, ha aparecido cargada de bolsas… ¡Al momento, un revuelo en torno de ella…! Todas las compañeras admiran las compras y opinan sobre el color de las telas, el olor de los perfumes, la suavidad de las cremas, el brillo de las pulseras… ¡Qué bonito!, ¡qué buen gusto! ¡Y muy bien de precio…! De repente, un ¡Ohhh! general cuando Mireia ha extraído de una bolsa el regalo que ha comprado para su novio. ¡Un libro…! En el aire ha quedado flotando un runrún de conmoción… «Es para que se lo lea», ha aclarado Mireia. Yo, pese a estar aplastado por el peso de las bailarinas, no he podido dejar de fijarme también en el extraño objeto adquirido por Mireia. ¡Todo un tocho de setecientas páginas, la novela histórica que está arrasando en las listas de ventas! Al mendrugo de Rafa —como se llama el novio de Mireia— le dará tiempo sobrado para pasearlo por los gimnasios y las salas de musculación, y que todo el mundo vea que es un hombre preparado no sólo en el aspecto físico.

«¡Cómo estaba el centro comercial de gente!», resopla Mireia. Yo sonrío para mis adentros, mientras pienso en el tumulto y en los apretujones que habrá tenido que soportar. Al otro lado de la ventana: avenidas atascadas, coches que pitan, furgonetas de reparto que echan humo, motoristas que se estampan contra la puerta de un coche abierta de pronto… A alguien, en medio del embotellamiento, le ha debido de dar un ataque al corazón, pero la ambulancia que ulula al fondo no logra abrirse camino hasta él. ¡Le está bien empleado!... Sin embargo, yo también debería comprar algo, ¿no es así? Un regalo de fin de año. «¡Al fin y al cabo, no somos animales! —dice muchas veces mi anciana madre—. ¡Vivimos en el mundo!». Sí, no estaría mal presentarse en casa, como cada tarde, pero con algo entre las manos esta vez, envuelto con un lazo… Una caja de bombones, por ejemplo. ¡Una caja de bombones en cuya tapa estuviera reproducida *La lección de baile*, de Degás!... A ella esas cosas seguro que le gustan. ¡Qué coño, no por nada tengo un gusto exquisito! Reconocido por todos…

31 de diciembre

A eso de la una y media acababa hoy la jornada. A esa hora, nos hemos ido todos los de la oficina al bar de abajo, a eso que suelen llamar «la despedida del año...» Brindis, risas. Ya se sabe, estas cosas… «¡Cuenta aquello, Fernando!», me gritan, y yo vuelvo a contar las anécdotas de siempre: que si un día Martínez se resbaló, que si otro día explotó una bombilla… La gente se ríe a carcajadas. No tiene mucho mérito, la verdad, en estos días me temo que es obligatorio reírse a carcajadas… Mientras los compañeros se desternillan, Mireia, que está a mi lado, me toma del brazo y lo aprieta con fuerza. A lo mejor es un gesto reflejo, para agradecerme la gracia con la que narro.

O quizás no.

Cuando la conversación decae, Mireia anuncia que el año que entra, o quizás el otro, no lo sabe muy bien, pero en breve, vamos a ingresar en una nueva era. La era de Acuario. Dejamos atrás la de Piscis e iniciamos la de Acuario. Dice que lo ha leído en un libro que se titula: *Cómo encontrar el equilibrio interior*… El sol de invierno entra por una ventana detrás de ella y da de lleno sobre su figura. Está esplendida, Mireia. La claridad contornea su silueta: sus pechos altos y llenos, sus caderas rotundas, sus muslos tersos, sus piernas largas y esbeltas aupadas sobre sendos zapatos de tacón… Poco a poco me he ido arrimando a ella y he prestado especial atención a que no le faltase de nada… «¡Otra caña aquí!», según dejaba el caso vacío sobre la barra… Incluso le he hecho llegar el canuto que, en un determinado momento y a escondidas, se ha hecho Alejandro, del departamento comercial… ¡Oh, Álex, el más enrollado de la oficina!... Le propongo a Mireia pasar al vermut con limón, y parece que le gusta la idea... Un nuevo vermut, un nuevo peta... Algunos compañeros comienzan a despedirse: han de ir a casa, a preparar la cena, se ha hecho un poco tarde… Le insisto a Mireia y a unos cuantos más para que se queden un rato; si quieren, les vuelvo a contar esas anécdotas tan divertidas… Mireia, a esas alturas, consume ya *gin tonics* y se ríe a carcajadas…

Entra una vendedora china de rosas y Alejandro aprovecha la ocasión para regalar una flor a las compañeras que quedan… «¡Oh, Álex, siempre tan agradable y dinámico!¡Es el mejor vendedor!», musita la gente, admirada, nada más conocerle… Mireia recibe el regalo con una amplia sonrisa, algo desvaída ya por efecto del alcohol. Yo, amable dentro de mi categoría «no comercial», pido otro *gin tonic* para mi compañera… Quedamos ya muy pocos; tres más optan por irse… Mireia se ríe mis chistes con cierto tono monótono y amenaza con rajarse. Consigo detenerla antes de que tome el abrigo. «La penúltima», le digo, y ella sonríe a un punto indeterminado. «La penúltima y me cuentas eso de la Era de Acuario». Sonríe y se deja reacomodar en el taburete. ¡Oh, sí, es inútil evadirse del influjo de las estrellas!

Son más de las cinco. Alejandro observa con el ceño fruncido y la mirada más torva posible en un vendedor de su categoría. Mireia y yo nos hemos encogido sobre nosotros mismos y hablamos con tono confidencial. Alejandro aguanta un par de minutos, pero cuando comprende que aquella tarde, pese a todo su dinamismo, lleva las de perder, apura el vaso, toma su gabardina y se despide con un brusco «adiós». Sale de la cafetería a trompicones... Lo siento, colega, deberías haberte buscado tu propia era astral.

—Me gusta que me consideres una persona inteligente —dice Mireia.

Nada más quedamos ella y yo del grupo y aguanto un cuarto de hora. El tiempo indispensable para estar seguro de que Alejandro no va a retornar. Pasado ese tiempo, interrumpo a Mireia y le digo que es hora de volver a casa. Por supuesto, me ofrezco a llevarla. Tomo su abrigo y su bolso de encima de la barra, pago lo que se debe... Sujetándola de la cintura —ella recibe el abrazo con una sonrisa estólida e inclina el cuerpo hacia mí— abandonamos el bar y nos dirigimos al *parking*... La acomodo —casi la descargo— en el asiento del acompañante y paso al otro lado. Le abrocho el cinturón. Ella sonríe. Pongo el coche en marcha, salgo a la calle y apenas llego al primer semáforo en rojo la miro y veo que está profundamente dormida.

En lo primero que pensé, al verla así, fue en un motel... Seguro, sí, un motel de carretera... Yo sabía que por la nacional próxima abundaban los moteles —los camiones de gran tonelaje pasan zumbando frente a ellos—, pero no sabía, en realidad —nunca he dormido en ellos—, cómo hacer el ingreso y con qué personal me encontraría. Después de todo, igual eran sumamente estrictos a la hora de entregar una llave... Conducía sin rumbo entretanto se hacía de noche y comenzaba a experimentar una urgencia atroz. ¡Tenía que decidir algo y hacerlo! ¡¡ya!! En un barrio poco poblado tuve que parar ante un semáforo en rojo. Mireia, en el asiento de al lado, rezongaba... Me giré a mirarla y estaba preciosa, toda desmadejada, con la cabeza apoyada en el vidrio de la ventanilla. De vez en cuando, fruncía el ceño... Alargué la mano, tomé uno de sus senos, que se me ofrecían a apenas un palmo, y lo apreté con fuerza, recorriendo su volumen, algo estorbado por la ballena del sujetador... Recliné entonces el asiento del acompañante un poco hacia detrás. Mireia acompañó el movimiento y quedó casi tendida, a mi disposición... Le eché a los lados el abrigo y surgió la camisa que llevaba debajo y que parecía abrocharse con dificultad por delante, estorbada por la contundencia de sus pechos... Desabroché el botón superior con calma, con delectación, disfrutando de la visión que poco a poco se iba mostrando a mis ojos... En aquel momento la cabina se llenó de una luz de ráfaga y sentí una fuerte pitada. El coche que venía detrás me apremiaba para que arrancase, porque el semáforo había cambiado hacía tiempo de rojo a verde.

Arranqué y anduve unos cuantos metros, con Mireia tumbada al lado y su camisa a medio desabrochar... Buscaba un descampado, un rincón oscuro, incluso un hueco discreto entre dos coches. Al fin, me pareció ver algo parecido frente a un vado permanente que parecía llevar mucho tiempo sin ser utilizado... Aparqué, le quité a Mireia —con las manos trémulas— el cinturón de seguridad y le desabroché un nuevo botón: se me mostraba ya la curvatura de los senos y el engarce del sostén... Tiré de la copa hacia abajo y fue apareciendo el pezón, la areola —de un grande como pocas veces antes había visto— y la mayoría de la carne, blanca y surcada por pequeñas venas azules... Acabé de hacer bajar la copa y el pecho pareció liberarse, con un respingo, de una larga prisión... Agaché la cabeza y me metí en la boca cuanta carne pude del pecho que había liberado... Chupando estaba su gigantesca areola cuando sentí unas voces cercanas, el rumor de una conversación... Levanté la cabeza y vi a una pareja que estaba paseando y que había pasado enfrente del coche; era bastante probable que nos hubieran visto... Sobresaltado, cubrí a Mireia rápidamente con su abrigo, me incorporé en el asiento, me abroché el cinturón y puse de nuevo el coche en marcha en busca de...

¡Las tapias del cementerio...! ¡No estaban demasiado lejos...! Me vi obligado a dar un volantazo en la primera intersección, para tomar el camino más recto hacia allí... *¡Mira*, pensé, *que si hubieran advertido la maniobra los municipales, hubiesen puesto en marcha sus sirenas y me hubiesen obligado a parar, con Mireia obsequiosamente tendida en el asiento...!* Seguí adelante, en el silencio de la noche, pero, según me iba acercando al cementerio, la idea dejó de parecerme buena... ¡Todas esas noticias de parejas que están dándose el lote junto a la tapia y de pronto son asaltados por bandas de delincuentes que les roban el dinero y el vehículo, y a veces, la navaja al cuello, algo peor...! *Joder,* pensé, *¿cómo tendría pensado apañárselas Alejandro?* De pronto vi un descampado de camino que parecía bastante oculto por las sombras, y allí introduje el coche. Paré, apagué el motor y estuve un rato escuchando, hasta que me pareció no oír nada. Ni a nadie... Volví entonces a abrir el abrigo de Mireia, estuve un rato masajeando sus pezones —le bajé la otra copa del sostén—, y luego se me ocurrió que no sería mala idea verle, y tocarle, algo más... Le desabroché entonces el botón y le bajé la cremallera del pantalón, pero Mireia era un peso muerto; el vaquero, además, le quedaba ceñido y resultaba imposible hacerlo bajar por sus piernas... Hube de contentarme con abrir un hueco, lo más grande posible, meter ahí los dedos, bajar la tela de su braga y pasearme por su vello púbico... Aproveché la curva de uno de sus muslos para incursionar dos dedos y rozar su piel más tersa y suave, que parecía cerrarse sobre mí... Mientras tanto, me había vuelto a inclinar sobre los pechos de Mireia, paseaba por ellos mis labios y con la mano libre había abierto incluso su boca y conseguido sacar su lengua, que envolví con la mía... Entonces, después de un largo rato de todas estas cosas, sucedió algo insólito.

Comencé a aburrirme.

Al principio me resistía a admitirlo... «Fernando —me reprochaba—, Fernando, joder...» Pero lo cierto era que me aburría. Me forzaba a imaginar cosas tales como masturbarme al lado de Mireia, mientras la tocaba... reclinarla un poco más e introducir mi polla en su boca... bajarle incluso el pantalón, de cualquier modo, y mandarlo todo al diablo... Pero si era sincero conmigo mismo, no me apetecía demasiado... «Fernando —me seguía recriminando—, Fernando, tío...» Después de estar un buen rato en la indecisión, tocando e incluso estrujando los pechos de Mireia, el caso indudable era que aquello estaba comenzando a ser aburrido. Hasta el tacto de la carne me parecía ya algo monótono, su sabor insulso... Toda huella de excitación se había replegado y lo que de verdad, en aquel momento, me apetecía, era fumarme un cigarrillo. Devolví, pues, los pechos de Mireia al sujetador, después le abroché los pantalones y la camisa, subí el asiento, le ajusté el cinturón de seguridad y encendí un truja, que apuré a grandes caladas... Luego puse el coche en marcha y conduje hasta el domicilio de Mireia... Pulsé el botón del portero automático y le dije a su novio, Rafael, que bajara a ayudarme. Entonces le expliqué: nos habíamos entretenido en la cafetería después del trabajo, nos habíamos reído mucho, había sido todo muy divertido... A cualquiera puede pasarle algo similar y —sonreí— todo ha sido tan amable, confraternal, alegre... Dejamos a Mireia en la cama y yo volví en coche a casa. Mi madre estaba ya asustada por mi tardanza...

2 de enero

Las bailarinas de Degás han comenzado su danza monocorde... Todos nos lo hemos pasado muy bien en Nochevieja. Todos somos, de hecho, unos tíos muy majos y dinámicos... Mireia llega un poco tarde y deja el bolso sobre la mesa. No puedo evitar que su gran areola marrón se me venga a la mente... Me dirige una amplia sonrisa, en la que no creo ver rastro de ningún reproche, me pregunta qué tal todo. Le hablo con marcado tono apático de lo sosa que fue la noche en casa, cenando en compañía de mi madre. Ella me dice que se lo pasó bien, en general, sin concretar nada. De pronto, se inclina hacia mí y con una voz extraña me dice: «Ya me contó Rafa lo que hiciste...». Y luego añade: «Eres todo un caballero». Y me pasa la mano lentamente por el brazo... En señal de agradecimiento, claro. Un gesto de camaradería y amistad.

O quizás no.

Mariano Zurdo - 2013

España

Madrid, España, 1970. Es psicólogo y potencial paciente. En 2008 co-fundó la editorial Talentura y desde entonces está al frente de la misma. Añádase a lo anterior cuarentañero, piscis, madrileño, tenor, republicano, ateo y zurdo. Y, esencialmente, raro. Gusta de escribir andando, lo que ya le ha acarreado más de un disgusto.

Combina la novela con el relato. Ha publicado las novelas *La tinta azul de la memoria* (Nuevos Escritores, 2007) y *Resquicios* (Evohé, 2012) y el libro de cuentos *Relatos metropolitanos* (Editores Policarbonados, 2008). Ha participado en la antología *La vida es un bar de Malasaña, cuentos de noche* (Amargord, 2011). Durante el 2013 participará en una antología de cuentos organizada por una editorial granadina.

Tiene una novela acabada, otras tres empezadas y un proyecto de libro de relatos, fruto de una incontinencia mental que más pronto que tarde tendrá que ser tratada farmacológicamente.

Sé que no deberíamos repetir

Querido diario:

Por fin lo he hecho. El sábado me acosté con Joaquín. Hasta ahora no te había ni hablado de él porque me daba vergüenza incluso nombrarlo. Pensar en él era un pecado inconfesable. Y los pecados, sobre todos los de pensamiento, tarde o temprano terminan por buscar la contundencia y se materializan.

Joaquín tiene diecisiete años, aunque aparenta alguno más. Es muy guapo, muy educado y tan tímido como yo. Le conocí en las clases de confirmación, pero ya le había visto unas cuantas veces por los pasillos del instituto.

Fue la primera vez para los dos. Lo hicimos en mi casa aprovechando que madre se fue a pasar el fin de semana a la capital. Cada dos meses va a visitar a su hermano mayor, que vive desde hace tiempo en una residencia de mayores. Antes me llevaba siempre con ella, pero dejó de hacerlo con la excusa de que Madrid cada vez es más peligroso, que no es una ciudad para la gente decente como nosotras. Ella no tenía más remedio que seguir yendo por caridad cristiana, argumentó, pero no era necesario que yo me acercara tanto al infierno.

Bien sabes tú que creí que jamás me iba a atrever a acostarme con un chico. No sé si me pesaba más el pánico a hacerlo o el desasosiego que me generaba la idea de no llegarlo a probar nunca.

Madre habla mucho de sexo conmigo, casi todos los días, pero para pintármelo como algo extremadamente sucio y doloroso, como lo más asqueroso del mundo, como algo peligroso que podría cambiar drásticamente mi vida. Para mal, como es obvio. ¡Y vaya si me la ha cambiado! Y creo que para bien a pesar de los pesares.

Madre no me lo prohibió nunca, prefería dejar la decisión y el consiguiente error sobre mis espaldas, pero consiguió que yo viera a todos los hombres como potenciales violadores. Hasta que conocí a Joaquín. Llegué a pensar que realmente el sexo era algo terrible. Hasta el sábado.

Madre me tuvo a los diecinueve años recién cumplidos y sus planes de futuro se fueron al traste casi sin haberlos soñado. Ella no tuvo la culpa. La culpa la tuvo padre, la tuve yo y, sobre todo, la tuvo el sexo.

El ambiente rancio del pueblo ha sido el aliado más fiel de madre. Vivir aquí tampoco ha contribuido a mejorar mi imagen de los hombres y el sexo. Las series de televisión que veo a escondidas distan tanto de mi realidad cotidiana... El párroco con sotana de invierno hasta en verano, los corrillos de cacatúas en cada esquina, dispuestas a medir con el metro de sastre la largura de las faldas y la profundidad de los escotes. Hasta creo que tiran de paleta para fiscalizar el color de las medias. El confesionario repleto de beatas pidiendo la absolución del pecado de palabra. Su entretenimiento favorito consiste en tildar de putas a todas las mujeres del pueblo que se desvían un grado a la izquierda de los preceptos morales preconciliares, sean las pecadoras niñas, adolescentes, casadas o viudas. Separadas no quedan, las mujeres piadosas de rosario diario y mantilla calada no cesan en su acoso de baja pero constante intensidad hasta que emigran. Las forasteras no se merecen nunca la presunción de inocencia. Don Severino dirige el colegio como si estuviéramos viviendo en los primeros capítulos de *Cuéntame*, y poquísimas mujeres se libran de entrar en el club «Vicaría, maternidad y labores del hogar».

En definitiva, vivo en un pueblo grande, no un pueblín precisamente, vestido con ropajes apagados que se van oscureciendo a medida que avanza la semana, llegando al negro predominante de los domingos.

Joaquín llevaba semanas mirándome de forma diferente en las clases de confirmación. Soy tímida y timorata, inexperta en estas lides, sin duda, pero no tonta, y enseguida me di cuenta. Mi carácter me impedía reprobárselo directamente, pero es que además no quería, me gustaba que me mirara así. Y no sé cómo conseguí romper mi forma monolítica de ser y estar, pero yo también comencé a mirarlo de manera diferente. Tras consolidar el juego de miradas empezamos a hacernos los encontradizos y a buscar los caminos a casa que nos permitieran acompañarnos el mayor tramo posible.

No hubo besos previos, ni consentidos ni robados.

No hubo tocamientos ni en soportales ni en oscuridades.

Ni siquiera se produjeron conversaciones de aproximación ni declaraciones de amor soterradas.

A las bravas. El deseo macerado durante días, que hoy reconozco mutuo, invitó a Joaquín a proponerme sin tapujos que nos acostáramos. Del bofetón no le libró nadie, por supuesto, porque es lo que tiene que hacer una mujer decente. Y porque me daba unos segundos vitales para poder reaccionar. Él lloró, de vergüenza más que de dolor, pero debió percatarse de que el deseo residía ya también en mis ojos y que era el momento de derribar el muro. Así que se enjugó las lágrimas y me lo volvió a proponer. Yo lo tenía claro, no podía acceder sin más, desde luego no me habían educado para eso. En vez de ceder al instinto, me despedí con un *tal vez* que, muy a mi pesar, sonó demasiado a aceptación.

Transcurrieron varios días en los que no coincidimos, sin esquivarnos, probablemente buscándonos. Y esa separación, lejos de congelar nada, acrecentó el deseo y facilitó la decisión. Volví a coincidir con Joaquín al siguiente viernes y, después de clase, nos acompañamos dando vueltas innecesarias, reinventando la ruta más larga. Al llegar a la encrucijada donde siempre nos separamos, le dije que al día siguiente estaría sola en casa, que mi madre no volvería hasta el domingo por la tarde. No pude ser más explícita, pero no hizo falta. Acepté su beso vertiginoso, clandestino, tanto que ni acertó en mis labios. Entendí su huida despavorida como un *sí* a la cita. Me dio tiempo a gritar un «¡Te espero a las ocho!» con la esperanza de que él me hubiera escuchado pero que hubiera pasado desapercibido para las cotillas que se apostaban en cada rincón del pueblo y que alimentaban el mentidero diario, ya que preferían despellejar medias verdades que tener que confesarse por malmetedoras y mentirosas. No le di mi dirección, pero sabía que me encontraría aunque viviera en mitad de la Amazonía.

El sábado a las ocho Joaquín estaba puntual como un clavo llamando al timbre. Llevaba cinco minutos fuera, sin llamar. No lo hizo hasta que sonaron las campanas de la iglesia. Lo sé porque yo llevaba los mismos cinco minutos observándole por la mirilla.

Entró con el cuerpo indeciso pero con la mirada intrépida. Le dije dónde podía dejar el abrigo y, sin más demora, le llevé hacia mi cuarto. Olvidé ofrecerle un café con leche y unas galletas, como madre siempre dice que haga cuando venga alguien a casa. Una recomendación a todas luces innecesaria porque yo jamás había llevado nadie a casa ni ella me hubiera permitido que lo hiciera en su ausencia. Y hablamos de amigas, si las hubiera tenido alguna vez, porque que llevara a un chico no era ni siquiera una posibilidad a contemplar.

Como te digo, querido diario, fuimos directamente a mi cuarto. Mi cama es muy pequeña, pero jamás osaría utilizar la cama de madre ni para dormir. Padre apenas se atrevía, menos yo. Igual que no hubo preámbulos ni largas frases para la propuesta, no las hubo ahora para su consumación. Nos desnudamos despacio, más por torpeza y nervios que por sensualidad, uno enfrente del otro, con la luz encendida. Yo lo tenía claro y, ya que me había decidido, quería verlo todo. Él no protestó. Superado el *striptease* trastabillado, Joaquín se quedó sólo con unos calzoncillos de niño y yo con unas bragas de vieja. No me había puesto sujetador para no ponerle en el compromiso de tener que hacer una primera demostración de virilidad quitándomelo sin titubear. Prefería que se reservara para lo realmente importante.

Nos acercamos casi a la par, como si ninguno quisiera ceder la iniciativa al otro, aunque un poco la tomé yo. Le bajé los calzoncillos y me quedé paralizada. No por pudor, sino de emoción. Era la segunda vez en mi vida que veía a un hombre desnudo de cerca, y la primera que lo tenía todo para mí. De pequeña, madre y yo lavábamos a padre cuando enfermó, pero a esas alturas más que un hombre era un guiñapo. Joaquín me abrazó con una ternura que no pudo sino tranquilizarme del todo, si es que a esas alturas quedaba algún resquicio de temor en mí. Me susurró al oído que no me preocupara por nada, que se había bajado varias películas de Internet y que sabía perfectamente lo que tenía que hacer. Que quería que fuera un momento que recordáramos toda la vida y que quería llevarme directamente al paraíso, de lo cual deduje el género real de las películas que se había bajado de Internet. Envalentonado por sus propias palabras terminó de desnudarme, nos acostamos y la estrechez de mi cama le colocó a él encima de mí.

Todo fluyó de una manera natural, con lo bueno y lo malo de iniciarse en algo, aunque creo que lo malo lo teníamos asumido y, en vez de restar, sumó. Esa fluidez únicamente se vio interrumpida cuando él quiso levantarse a por un condón que tenía guardado en el bolsillo del abrigo. Se lo impedí. Joaquín insistió, pero yo tenía razones que desatendieron a las suyas, llenas de sensatez. Le convencí de la manera más tradicional y eficaz: «Sin condón o no lo hacemos».

No puedo mentir, placer no llegué a sentir, pero tampoco me dolió. No perdí el conocimiento de gusto como alguna vez había imaginado, pero me encantó. Me encantó sentirle entregado, preocupado por sentir y por que yo sintiera. Me gustó mucho saberme su primera mujer, notar el estremecimiento de sus primeras exploraciones en mi cuerpo. Me pareció fascinante, raro, sentir cómo penetraba en mí para finalmente sentirle dentro. Me da mucha vergüenza decirlo, pero disfruté hasta lo indecible cuando sentí brotar su semen en mi interior. Fue ese momento en el que sentí lo más parecido al placer físico. Hubiera muerto tranquilamente con él dentro de mí, sudoroso, temblando, acompasando su vientre al mío, interrogándome en silencio, mis dedos peinando sus rizos, los suyos acariciando mis costados.

No dio tiempo para más porque Joaquín tenía que estar pronto en casa para que no se le estropeara la coartada. Así, nos quedó ganas de más, aunque sé que no deberíamos repetir y así se lo dije. No se molestó en rebatírmelo, prefirió aprovechar los últimos minutos en besarme con la dulzura que queda tras la pasión. Sé que no deberíamos repetir, pero desde el sábado únicamente vivo para arrancar de dos en dos las hojas del calendario, con la esperanza de que madre adelante la próxima visita a su hermano mayor.

Querido diario, jamás volveré a contarte nada sobre lo sucedido o lo que pueda llegar a suceder con Joaquín. Es más, cuando ponga el punto final a estos párrafos te quemaré. Será mi manera de purificar mi pecado, porque no pienso confesarme. Pero sobre todo te destruiré porque temo que alguien te descubra y se entere de mi relación con él y tenga repercusiones negativas para los dos. Sé que el trabajo de mujer de la limpieza en el instituto no es gran cosa, pero es todo lo que tengo. Y no me gustaría dejar de ser catequista en los grupos de confirmación de la parroquia, porque me reconforta el trato con los jóvenes. Y me dirás tú, si las beatas se enteran y tengo que abandonar el pueblo, a dónde voy yo ahora, a mis cincuenta recién cumplidos.

Alfredo Ruiz Islas - 2013

México

Ciudad de México, 1975. Es historiador y escritor. Pertenece a la planta académica de la Universidad Nacional Autónoma de México (Colegio de Historia) y de la Universidad Iberoamericana (División de Educación Continua). Como historiador ha publicado artículos en revistas históricas especializadas y de divulgación, varios libros de texto (en coautoría) y de divulgación histórica (como autor único o en coautoría), así como la obra de ficción histórica *El camino de la insurgencia* (Terracota, 2010). En el campo de la literatura ha ganado distintos premios en México, en España y en Argentina, entre los que destacan el primer lugar en el XXV Concurso Literario Timón de Oro, organizado por la Asociación de la Heroica Escuela Naval Militar; el primer lugar en la IX edición del Premio Sexto Continente de Relato Histórico, organizado por Ediciones Irreverentes de Madrid y Radio Nacional de España; el primer premio en el I Concurso Literario Internacional San Antonio de Areco, organizado por la municipalidad de San Antonio de Areco, provincia de Buenos Aires, Argentina; y una mención especial en el Premio 2012 de Literatura Juvenil Gran Angular, organizada por SM de Ediciones y el Consejo Nacional para la Cultura y las Artes.

Foto: Alejandro Pantaleón Calixto

El mariachi

—Llama al mariachi.

No entiendo. Estoy ebrio. Muy ebrio. Escucho a Carmelo como si me hablara desde el fondo de un bote de basura. Y lo veo doble. O triple. O de plano no lo veo. Su imagen se torna difusa. Entrecierro un ojo y ya lo veo mejor.

—¿El qué?

Está tan ebrio como yo. Como todos en esta fiesta.

—El mariachi. Músicos. Trajecitos chistosos. Sombreros enormes.

Ya lo sabía. No lo entendí, que es diferente. Tomo el celular y se me cae de las manos. El maldito se desarma. Sus tripas electrónicas se desparraman por el suelo. Me agacho a recogerlo y la gravedad me juega una de las malas pasadas que acostumbra. El suelo se acerca a mi cara en cámara lenta. Se acerca. Ya está aquí. Siento el impacto en el pómulo y suelto la carcajada. Mejor eso que lanzar un alarido. Aprovecho mi corta estadía en el piso para tomar las partes del aparato y jugar a los rompecabezas. Nada embona.

—¿Ya?

No. No sé si la batería se pone antes o después de la cubierta. Supongo que antes. Esos fierritos, ¿van para arriba o para abajo? Parecen acomodarse solos. Oprimo el botón de encendido. La pantalla se ilumina, suena un tilín talán que siempre encuentro más allá de lo ridículo y el teléfono enciende. Ahora, a marcar.

—¿Sabes el número?

Carmelo no contesta. Estará pensando. Me tomo de la silla para ponerme de pie y me caigo de espaldas. Vaya escena. Nuevo intento, ahora con el codo apoyado en la mesa. Acomodo una nalga en el asiento. Ahora la otra. Mi equilibrio es precario, aunque funcional. Vuelvo la cabeza para pedir a Carmelo el número de los mariachis y lo veo tendido sobre la mesa. Dormido.

—¡El número, güey!

La baba le sale por la boca. ¿Si le doy un manotazo? Se lo doy. Solo gruñe. Le doy otro, lo cojo por los cabellos y le levanto la cabeza. Ya despierta.

—¿Eh?

—Dame el número de los mariachis.

—Yo qué voy a saber. Pídeselo a Dalia.

¿Y dónde carajos está Dalia? Pegada a la pared, cuatro metros detrás de mí. Sentada en las piernas de un fulano al que en mi vida he visto. ¿Iré? No creo llegar. Mejor le grito. No me escucha. No sé si es por el barullo o porque el tipo, en este instante, le come una oreja. Ahora le come la otra. Ella se deja comer. Ya me ve. Ahí viene. Camina como pollo. Quién le manda ponerse esa falda y esos tacones.

—¿Qué?

—Dice Carmelo que tú conoces el teléfono de los mariachis.

Sonrío como idiota. Dalia saca su teléfono y aprieta botones.

—¿Y tienen con qué pagarles?

Carmelo no responde. Solo nos enseña una billetera que padece de obesidad mórbida.

—Copia el número.

—No veo nada. ¿Ese es un ocho o un tres?

Me bufa en la cara. Oprime un botón y espera a que le respondan. Habla a través del aparato.

—Tres mil pesos la hora. Cinco mariachis.

Carmelo hipa con desesperación.

—Que traigan acordeón.

Nuevo diálogo con el interlocutor desconocido.

—Dice que no mames. Que los mariachis no usan acordeón.

—Que se vaya a la mierda.

Lo manda a la mierda. El otro recapacita. Dalia le indica la dirección. Como la fiesta está a mitad de la calle, nos encontrará con facilidad.

—Ya viene. Diez minutos.

Da la media vuelta para regresar a las piernas del tipejo. La detengo por el vuelo de la chamarra.

—Oye, ¿y ese?

—No lo sé. —Se encoge de hombros—. Pero está sabroso.

Llega donde está el sabroso y se le monta a horcajadas. Una vieja con cara de perro bulldog la mira con desdén. Más parece envidia.

Me sirvo otra cubalibre. Los hielos caen. Ploc, ploc. Fuera del vaso. Los tomo con la mano y me aseguro de que entren. Un chorro de ron. Refresco negro. Agito. El bebistrajo burbujea, se derrama y mancha el mantel. Qué más da. Bebo un trago y echo una mirada alrededor. Ebrios a babor. Beodos a estribor. Parejitas que intercambian cantidades industriales de saliva por todas partes. Viejos con la cara sobre el pecho. Miradas ávidas de donjuanes envalentonados por el alcohol. Viejas agrias que pasan el tiempo a veinticinco refunfuños por hora. Golfas en potencia guiñando ojos a diestra y siniestra. Una me mira. Sonríe. Levanto mi copa y brindo a la distancia. Me responde la tipa sentada junto a ella.

Un estruendo de trompetas me rompe los tímpanos. Llegaron los mariachis. Interpretan «Tranchetes», si el oído no me falla. No me falla. Un sujeto se levanta a zapatear. No lo hace mal del todo. Sí que lo hace mal. Se le enredan los pies y rueda por tierra.

Miro a los músicos con atención. Están para el arrastre. Sus trajes blancos… no. Ya no son blancos. Uno de ellos incluso luce una mancha de mole en el saco. El guitarrón tiene más raspaduras que el ropero de un cura pobre. Ni qué decir de los demás instrumentos. Pero le ponen entusiasmo. No terminan de sonar bien, aunque eso no importa demasiado. Saben a lo que se enfrentan. Fiesta de barrio, asistentes embrutecidos por el alcohol, gente ocupada en sus propios asuntos. Si consiguen sonar pasablemente, quedaremos satisfechos.

Terminan la picza. Nutridos aplausos. Ven a Carmelo contar billetes.

—¿Cuál le tocamos, patrón?

Carmelo finge pensar. Lo más seguro es que su cerebro se niegue a coordinar.

—Échense… un corrido.

Atacan «El caballo blanco». Y lo atacan sin piedad. Hasta destrozarlo. Un sujeto con la corbata torcida se levanta a cantar. Desafina peor que los mariachis. Que ya es mucho decir.

Nuevos aplausos. Alguien pide «Rancho alegre». No se la saben. «Sombras». Tampoco. El alumbrado complace al solicitante y se funden dos focos. Quedamos en la penumbra. Toquen una que se sepan. Arremeten contra «El rey» y también lo deshacen.

En la semioscuridad, Dalia se da vuelo con el sabroso. Creo que se ha subido la falda. No es la única. La mujer sonriente del cuarto de hora anterior se pone de pie y avanza hacia mí.

—¿Bailamos?

—Estoy negado para el baile.

—Yo también.

Me levanto. Doy un traspié y por poco me caigo. Con todo y pareja. Me sostiene. Suena un corrido. Muy extraño. Como si proviniera de un disco de acetato puesto al sol. Taconeamos alegremente y levantamos una nube de polvo. La tomo por el talle. Cadera a la izquierda, cadera a la derecha. Sin vueltas. El mariachi empalma dos canciones. Me concentro en no perder el equilibrio. Una pausa. Nos sentamos.

—Soy Tina.

—Hola, Tina.

Saltamos como chapulines cuando la música se escucha de nuevo. Nos miramos a los ojos. Sonreímos. Mi mano baja un poco del talle. Está en la cadera. Tina gira y le toco las nalgas. Nada mal. Diviso a Carmelo. Está recostado sobre dos sillas. No sé si le han birlado los billetes o los regresó a su cartera. O tal vez ya pagó.

Afino el oído para detectar con qué es con lo que ahora nos deleita el mariachi. No adivino. Todo lo que toca suena igual. Un poco más rápido o un poco más lento, pero siempre igual. Y no para. Quince parejas nos apretujamos en el espacio que se ha señalado como 'pista de baile', lo que nos ayuda a conservar el equilibrio. Cada quien se mueve como mejor puede. Un hombre da vueltas como trompo. Se acuclilla. Hace flexiones. Alza los brazos y se agita. Travolta no lo haría mejor. No sé qué tenga que ver con la música que escuchamos, pero al menos es divertido.

Así como llegaron, los mariachis se van. Tres hombres los detienen. Les muestran unos cuantos billetes. El que parece ser el jefe niega con la cabeza. Le suplican. Que no. Ponen otros pocos billetes. Muestran las carteras vacías. El jefe se reúne con los otros como si fueran un equipo de futbol antes del partido. Regresan con media sonrisa y se embolsan los billetes. Dos horas, grita un borrachín, como si se tratara del tiempo que le falta para cobrar una herencia.

—Estoy agotado. —Y mi cubalibre se ha aguado.

Tina no me escucha. Se entretiene mirando los visajes que hace Dalia. El sabroso ha desabrochado su blusa y le besa las tetas con cara de sátiro.

—¿A qué te dedicas?

—Soy burócrata.

—Ah… —Muestra desencanto—. ¿Huevón con sueldo?

—No exactamente. —Trato de sonreír; no me ha hecho la maldita gracia—. Manejo un archivo.

—Oh. —Reaparece el encanto—. Yo soy telefonista.

Me enseña la punta de la lengua. Quiero decirle que, si trata de seducirme, no necesita esforzarse mucho. Mejor guardo silencio. Que se esfuerce. Yo hago mi parte y le pongo una mano en la rodilla. Vamos bien.

Un minuto después nos besamos con frenesí. No es particularmente linda. Tampoco es un monstruo. Mejor que otras a las que he besado. Y besa bien. Me animo a tocarle los pechos. Se deja tocar los pechos. Estoy a punto de pedirle que nos larguemos cuando el acordeón suelta una ristra de notas y ella se levanta. Me levanta. Bailamos lo que parece una polka. También muy extraña.

Un viejo arrastra los pies y se va. Su mujer lo sigue con cara de sargento. Regresan corriendo dos segundos después con tres perros callejeros detrás de ellos. El de la corbata torcida les lanza hielos, un vaso. El zapato derecho. Los perros se marchan. Se levanta medio descalzo y canta incoherencias. No son incoherencias. Es la letra de la polka. Sus colegas de mesa llevan el ritmo con las palmas. No tienen el menor oído musical y se hacen un lío. Una gorda se entusiasma y secunda al que berrea. Se oiría bien si atinara al tono.

A cinco pasos, una mujer canosa me lanza miradas de reprobación. Tal vez no le gusta mi forma de bailar. O tal vez no le gusta que baile con las dos manos adheridas a las nalgas de Tina. Le saco la lengua. La vieja se escandaliza. Pide a su marido que me aplique un correctivo. Mala idea. El carcamán da un paso y cae de bruces. La dentadura postiza se le sale de la boca. Está por agarrarla cuando dos taconazos la pulverizan. Tres molares y un incisivo quedan huérfanos al paso de todos. Sus demás compañeros de porcelana se dispersan, empujados por los pies de los danzantes.

Suena «El caballo blanco». Más cansado que la vez anterior, pero menos cansado que yo. Nos sentamos nuevamente.

—¿Eres casado?

—Divorciado. Tres veces.

—Yo también. Solo una vez.

—No es muy recomendable como entretenimiento. Sale algo caro.

—¿Eres amigo de Pancracio?

Pancracio es el festejado. Nadie sabe dónde se ha metido, pero todo este merengue es a causa de su cumpleaños.

—Desde que éramos niños.

—Ah. Yo no.

No alcanzo a decir más. Los músicos se reaniman y acometen una pieza que no me parece familiar. A nadie, pero tiene buen ritmo. Ocupamos nuestras posiciones y damos los mismos pasos que antes. Procederíamos de un modo similar si se tratara del sirtaki.

La fiesta se vacía. Un hombre avanza a trompicones entre las mesas, pasa junto al mariachi y se dirige a su automóvil. Cae al suelo al abrir la portezuela. Insulta al vehículo. Se golpea la cabeza al entrar. Cierra la puerta. La abre enseguida. Se busca en los bolsillos, en el saco, en el chaleco. Grita maldiciones. Pinches llaves. Las llaves están pegadas a la cerradura de la portezuela y se ríen de él. Frustrado, regresa a la fiesta. Toma la primera botella que le sale al paso y bebe un largo trago.

Hace tiempo que no veo a Carmelo. Ni a Dalia. Ya los veo. Carmelo duerme debajo de la mesa. Como un bendito. Dalia también está debajo de una mesa, pero no duerme. Todo lo contrario. No sé cómo el sabroso aguanta las embestidas sobre el suelo lleno de guijarros. La ha de pasar bien.

El de las llaves extraviadas de nuevo intenta irse. Ríe a carcajadas cuando observa las llaves pendiendo de la cerradura. Vaya carcajadas. Se convierten en arcadas y vomita copiosamente. Se ensucia los pantalones. Termina de vaciar el estómago y cae de rodillas. Queda hecho un asco. Toma las llaves, se pone de pie y entra en su coche. Lo enciende. Da marcha atrás y golpea al auto más cercano. Pi, pi, pi, pi. La alarma suena. La música del mariachi, lo mismo. Un tipo levanta la cabeza, abre unos ojos como platos y corre a ver qué le ha sucedido a su vehículo. Una carcacha a la que resulta imposible que algo se le note, salvo que le pase por encima una aplanadora.

—Ya no puedo más.

Nos sentamos. La borrachera se me ha pasado, pero tengo sed. Me sirvo un poco de agua mineral. Tina niega con la cabeza. Quiere otro cubalibre. Se lo sirvo.

—¿Te diviertes?

—Como chiquillo.

—Yo también.

Me apetece más divertirme como gente adulta, pero puedo esperar un poco. Al menos, hasta que se larguen los mariachis. O sea, en cosa de quince minutos. ¿Aceptará irse conmigo? ¿Me dará de bofetadas? Hago un avance temerario. La tomo por la cintura y la atraigo hacia mí. Despacio. Se me adelanta y me planta un beso largo. Muy húmedo. Le acaricio un muslo. Me acaricia la entrepierna. ¿Por qué diablos no nos vamos de una vez?

El mariachi nos regala una hora más de entretenimiento. Ahí vamos de nuevo. Viene la hora de las lentas. Bailo como vaquero de película barata. A Tina no le desagrada. Apoya su cabeza en mi pecho. Aprovecho para enterarme de lo que sucede en la fiesta. Hay menos gente. Algunos ebrios están en el suelo. Inconscientes. Una pareja se mete mano a conciencia en el rincón más oscuro. Otro poco y se quitan las ropas. Ah. No es necesario. El del coche golpeado increpa al otro. Pendejo. Ciego. Ni tan ciego. De un derechazo lo deja viendo visiones.

Tina comienza a besarme el cuello. Gime un poco. El hombre golpeado se repone y prosigue con los insultos. Por qué no nos vamos. Los mariachis se ubican a un paso de nosotros. El insultado le atiza un puntapié en los testículos. También me pregunto por qué no nos vamos. En semicírculo. Como gitanos en restaurante. «Uh», exclama el sujeto desde el piso. Se embarra a mi cuerpo como una lapa. El del acordeón me guiña un ojo. Tomo a Tina por las nalgas y la aprieto con pasión. Suerte, matador. Un nuevo puntapié, ahora en el rostro. Su aliento se condensa en mi oreja y me eriza los vellos de la nuca. Los mariachis entienden un poco el concepto de «privacidad» y regresan a su sitio. Encuentro el cierre del vestido y lo bajo un poco. El de las llaves extraviadas masacra al otro. Menudo ambiente el que crean estos músicos rascatripas. Pierdo la cuenta de cuántos puñetazos y puntapiés le caen al que está tirado.

La espalda de Tina es suave. El hombre gimotea desde el suelo. Dalia emerge de las profundidades con el cabello revuelto, la blusa desabrochada y la falda a la cintura. Le suelto el sostén. Suplica piedad. Inspira profundamente y se me unta como si quisiera traspasarme la piel. Lo toma por los cabellos y le estrella la cabeza contra una pared. El sabroso aparece detrás de Dalia y le entrega las pantaletas que había dejado olvidadas. La música se atenúa. Abrazo a Tina y la conduzco hacia mi auto. Chas, chas. El cañón de una pistola refulge en la oscuridad. Los mariachis abandonan la escena sin dejar de tocar. Hasta suenan bien. Caminamos abrazados, paso a paso, las manos dentro de las ropas del otro. Los balazos taladran la noche. Nadie se da cuenta de nada. Lanzo una última mirada a la moribunda fiesta. Una bala perfora el cráneo justo en medio de la frente, sobre un par de ojos desorbitados. Carmelo sigue en el suelo, ajeno a todo, hecho un ovillo. La otra entra por la oreja. Abro la portezuela para que Tina suba. Dalia me ubica y se despide de mí a señas, sin soltar la mano del sabroso. Los sesos del tipo manchan la acera. Agito la mano como despedida y entro en el auto. Los curiosos se asoman por las ventanas a ver qué sucede. Beso a Tina, enciendo el motor y partimos sin prisa.

Hermes Torres - 2013

Argentina / España

Hermes Torres, como persona real y física, no es propiamente un literato. Madrileño afincado en Buenos Aires, su historial literario es corto y manejable como el manual de instrucciones de una cuchara sopera; ganó algún concurso de cuentos de pequeño, y consiguió que alguno de sus relatos llegase a ser publicado en editoriales oscuras, casi como favor personal. Le gustan autores depresivos e incómodos como Sabato, Unamuno o Strindberg, y es de esos cuatro o cinco pedantes que afirman haber leído y admirado a Lautréamont.

Ahora bien, Hermes Torres como concepto, es una historia bien distinta. A través de estados alterados de la mente favorecidos por diversos *mixes* de estupefacientes, Hermes Torres abandona su cuerpo, y, por extensión, su vida plana y mediocre, para ser poseído por el Maestro Fernández, y, en planos de existencia ajenos a este, se convierte en sublime creador de lo inexistente. Allí, en el otro lado, es una referencia indiscutible de la narración, y los círculos intelectuales más selectos de súcubos y trasgos dan fe de su autoridad literaria.

Promoción laboral

Como tenía tanta necesidad de trabajar, no le importó el ambiente seco, severo... aburrido, casi funcionarial, de su nueva empresa. Las personas sólo hablaban entre ellas para comunicarse asuntos puramente laborales, vestían de gris, negro, de *beige*. Las paredes eran blancas y lisas, cuando no eran cristales diáfanos. En el despacho del director había un cuadro, una reproducción de Mondrian, que, a pesar de su sobriedad formal, resultaba la nota más alegre de toda la planta. Ella realmente no se quejaba de aquella atmósfera; la otra opción era el paro, el estar en casa en pijama actualizando el Facebook mientras una voz oscura, indeterminada, le llamaba 'parásito' al oído de su mente. Aceptaba aquel ambiente de ministerio de los años cuarenta como mal menor.

El caso es que, a la semana de empezar a trabajar ahí, comenzó a sentir movimientos raros. No podía definir qué era, pero algo extraño se fraguaba tras aquella máscara de sobriedad extrema. Una mañana, al entrar al *office* donde los empleados podían hacerse un café y guardar sus *tupper* en las neveras corporativas, blancas y angulosas, María se cruzó con una de las gerentes, saliendo con urgencia y limpiándose la boca con una manga. Dentro, el chico que trabajaba de mensajero se encontraba de espaldas arreglándose el pantalón. Se dio la vuelta, saludó a María con una sonrisa irreal, y salió rápidamente de ahí. María se hizo una historia muy completa de lo que había sucedido, pero sencillamente no lo podía creer.

Otro día, en el baño de mujeres, mientras orinaba, sintió un gemido en el váter contiguo. Al salir a lavarse las manos, vio a dos empleadas salir juntas, despeinadas y colocándose la ropa. Una tenía rastros de polvo blanco en la nariz. María iba viendo que ahí no era todo como parecía.

Aun así María era prudente a la hora de interpretar tales hechos, y mucho más para divulgarlos. Estas cosas sucedían, en realidad, en todas las oficinas del mundo. Y podían, incluso, no haber sucedido tal y como María se imaginaba. Era nueva, y quería llevar un 'perfil bajo', por lo menos al principio. No destacar. Guardarse sus suposiciones para sí. Incluso ocultar tales pensamientos a sí misma, engañándose sobre lo que había visto.

Según iba pasando el tiempo, las sospechas de María comenzaron a promocionar a conclusiones. Miradas soterradas, viajes en grupo al servicio, personal que cambiaba, sin explicación, de ropa a media mañana... ahí definitivamente pasaba algo. Y no eran casos aislados. Le comenzó a parecer que todos en la oficina, entre los cristales y el blanco y los ángulos racionales y sin vida, llevaban una activa vida de lascivia laboral.

Se empezó a hacer amiga de su compañero de mesa. Era un hombre de unos treinta bien cumplidos, con el traje habitual, casi uniforme, de la compañía, gris marengo y corbata a juego, que no destacaba de los demás por ningún motivo. Sencillamente trabajaba al lado de María y fue el encargado de enseñarle los rudimentos del uso de la oficina. La contraseña de la impresora, cómo conseguir la tarjeta para la máquina de café, a quién había que pedirle el material de papelería, etc., etc. Un día, en el *office*, María, viendo que tenía algo de confianza con él, comenzó a lanzarle indirectas.

—Antes estaban aquí el jefe de sección y la secretaria de dirección, y me pareció notar que los interrumpí al entrar.

María dijo 'interrumpí' con cierto tono, pero el resto de la frase fue pronunciada como quien se refiere al tiempo.

—Era de esperar. Él ha promocionado de nivel, así que ya puede acceder a las ninfas etiqueta rosa.

No era la respuesta esperada. María se quedó con cara de necesitar más explicaciones. Su compañero la miró con complicidad, y se fue sin decir nada más.

Era más grande de lo que María suponía. Niveles, rangos definidos por colores. Hizo alguna alusión posterior a su compañero, pero de repente se volvió opaco hacia ella, simulando continuamente tener mucho trabajo para evitar responder a sus preguntas. Una nueva sensación roja, ardiente, comenzó a fraguarse en María: la de no estar incluida en un grupo al que quería pertenecer. No sabía qué suponía el entrar, qué había que hacer, ni si le gustaba lo que había detrás, pero no podía aceptar el no estar dentro de aquello. Las paredes blancas y los trajes de chaqueta grises y las corbatas a rayas o lisas comenzaron a reírse de ella. Eran la careta que ocultaba al actor, el personaje que escondía a la persona real, y se burlaba de ella por ser espectadora y no parte activa, por ser la parte engañada de la representación.

Un día, se hartó y siguió a su compañero hasta el *office*, dispuesta a interrogarle directamente, dispuesta a descubrirlo todo, a tirar de la manta. Cuando llegó, se lo encontró con los pantalones bajados, sobre el fregadero, mientras uno de los directores introducía un enorme *dildo* en su ano con fuerza y violencia, sonriendo con crueldad.

María se llevó la mano a la boca. Los dos hombres pararon y se la quedaron mirando.

—No sabe nada todavía, ¿verdad?

El compañero de María negó con la cabeza. Se subió los pantalones, y se fue del *office*. El directivo se quedó, y le pidió un momento a María para hablar.

—En esta empresa valoramos el compromiso de nuestros empleados. Para ello, creamos una serie de actividades recreativas que refuercen la interacción entre el personal. Hoy quédate después de la hora. A las ocho y media, baja al tercer sótano, puerta roja. Y recuerda que Pandora abrió la caja.

Dicho esto, el directivo se fue. María fue entonces al servicio a encerrarse en un baño y pensar en lo ocurrido. Aunque no pensó nada, sólo se apenó de tener una ropa interior con tan poca personalidad precisamente ese día.

¿Es que de verdad lo voy a hacer?, pensaba María, y un fuego escalaba hasta su rostro. Al lado de su váter, dos, quizás tres personas, reían con picardía. Sí, por supuesto que lo iba a hacer.

Entre las siete y las ocho, la gente fue yéndose hacia sus respectivos hogares. Ella alegó tener algo de trabajo atrasado, y se quedó mirando a la pantalla con números del ordenador, o a la pared blanca, esperando a que el tiempo pasase. Cuando su compañero se iba, le echó una mirada significativa.

—¿Seguro que te quedas?

Ella afirmó con la cabeza. Su compañero le sonrió con picardía y se fue. María empezó a sentir que su ropa interior se humedecía.

A las ocho y media ya no quedaba casi personal. Fue al ascensor, y le dio al botón del sótano 3. Al contrario que el resto, este botón estaba sucio y pegajoso. Hizo como si se colocara la falda, pero en realidad era el instinto de tocarse.

El tercer sótano era una tumba de hormigón iluminada con luces amarillentas y tenebrosas. Una serie de pasillos oscuros, unas escaleras desnudas, una sensación de calor y humedad en el ambiente, mayor cuanto más avanzaba. Ahí debía estar la caldera del edificio. O el infierno. Cuando llegó a la puerta roja, María estaba empapada de sudor.

La puerta roja estaba cerrada con llave. Llamó. Una voz surgió del otro lado.

—Contraseña.

María se quedó pensando.

—Pandora abrió la caja.

Y la puerta se abrió. Cuando María la cruzó, no había nadie al otro lado.

Estaba en una estancia sucia, sin más decoración que manchas de humedades en las paredes y sin más mobiliario que una silla negra, de asiento redondo y patas y respaldo ondulados: silla de dama de cabaré. Aparte de la puerta por la que entró, había otra al otro lado, esta vez negra. Y la luz amarilla que lo envolvía todo.

Una voz habló tras la segunda puerta.

—Deja tu ropa sobre la silla.

—¿Toda?

Nadie respondió a su pregunta. María supuso que aquello era un sí, así que comenzó a desnudarse, con timidez. Aunque había bajado hasta ahí, aunque estaba excitada y húmeda, aún tenía dudas. No sabía qué había al otro lado de la puerta negra. No sabía si alguien la estaba mirando. Eso le daba miedo, pero, por otro lado, la excitaba incluso más. Se quitó la ropa con torpeza, y la colocó ordenadamente sobre la silla. Con un brazo se tapaba el pecho, con el otro el pubis. Sus ojos, aún así, brillaban ante la novedad.

La puerta negra se abrió, como accionada por un resorte. Al otro lado se veía un pasillo sin iluminar. María entró en él, incluso más húmedo y caliente que el anterior, y la puerta negra se cerró a su espalda. Una voz delante de ella le dijo:

—Por favor, continúa.

Y ella caminó a tientas por el pasillo. Tocando una pared, rozó con algo. Parecía de carne. Una mano le tocó una pierna. Luego, fueron varias, palpando, acariciando, pellizcando, hasta alguna le dio un cachete. Escuchaba risas.

—No te quedes ahí. Sigue.

Y ella fue andando, tocada por manos invisibles. Tenía miedo, mucho miedo, pero no podía evitar humedecerse, de tal forma que, en ocasiones, simulando taparse de alguna mano que quería investigar su sexo, aprovechaba para introducir un dedo dentro de ella, no más allá de la uña, pero lo suficiente como para excitarse todavía más. Por fin, llegó adonde la voz.

—Párate aquí. Relaja la postura, quédate quieta, natural.

Y una luz brutal cegó a María. Un foco blanco llameaba frente a ella, la deslumbraba. A su alrededor, escuchaba risas y jadeos, algún silbido. Poco a poco fue haciéndose a la situación. Decenas de ojos la miraban. Escrutaban su desnudez, la juzgaban; y parecía que les gustaba lo que veían.

Cuando sus ojos se acostumbraron al foco, vio que se encontraba en el centro de un pequeño circo, donde en dos filas de gradas se agolpaban hombres y mujeres desnudos, mirándola, excitados, algunos interaccionando entre ellos, besándose, acariciándose, había una pareja haciendo el amor mientras la observaban y le lanzaban, tanto el hombre como la mujer, sucios improperios. Reconocía las caras, por supuesto. Era gente de la oficina, el director de aquella mañana, la gerente que salió del *office* limpiándose la manga, las dos amigas que esnifaban cocaína en el baño. Y delante de ella, en el centro, estaba el propietario de la voz. Era, precisamente, su compañero. Su pene era enorme y estaba erecto. María comenzó a no poder mirar otra cosa. Su compañero habló de nuevo, gritando casi, sobreponiéndose a los gemidos y gritos del resto.

—¿Te gusta, eh? Todavía te queda algún tiempo para disfrutarlo. Pero no eres una de nosotros. ¿Quieres serlo?

María no sabía si el calor era ambiente o era ella que estaba terriblemente excitada. Dijo que sí, lo más alto que pudo.

—Concedido. Pero has de pasar una prueba antes. Qué prefieres, ¿el sol oscuro o la luna roja?

María se decidió por el sol oscuro.

Al minuto notó que alguien se le estaba acercando por la espalda. No llegó a verlo, ya que éste la empujó al suelo, y con fuerza, la colocó a cuatro patas. Desde su ángulo, pudo ver las piernas de un hombre de raza negra. Su compañero volvió a hablar.

—Ahora mismo eres perro. Todavía no te mereces tus atributos humanos. Ese perro ha de morir. Sol oscuro, sacrifica a este can inmundo.

Un falo enorme entró sin previo aviso dentro de su vagina, que estaba a punto de estallar. Era demasiado grande, al principio costaba entrar. Pero poco a poco fue haciéndose al espacio. El perro jadeaba primero, exigía más después.

Y todos aquellos mirándola, todos aquellos observando cómo aquel negro la penetraba, excitándolos, derramando fluidos en ella, poco a poco fue sintiendo que también sobre ella.

La situación crecía en agresividad. El sol oscuro comenzó a tener monstruosas convulsiones y proferir terribles injurias, sacó el ciclópeo miembro, y bañó la espalda del perro con cerca de medio litro de semen. Un reguero llegó hasta la boca del perro. Nunca había probado mejor manjar.

María ya se levantaba, pero su compañero, que seguía presidiendo la ceremonia con su falo erecto, se lo impidió. El perro aún no había muerto del todo. Así fue cómo, en cuatro patas, fueron uno a uno pasando por su empapada vagina todos los que ahí se encontraban. Penes, lenguas, dedos, hasta un puño. Todos se introducían en ella de una forma u otra, y todos arrancaban de ella incontrolables orgasmos. Hacía un calor brutal. Comenzaba a sentir mucho dolor dentro de ella. Pero el placer no descendía. Es más, parecía que iba en aumento, a cotas nunca conocidas.

Por fin, fue el turno de su compañero. Su miembro era el más grande de todos los que pasaron por ella. La trató con desidia, como perro que era, como lugar en el que aliviarse. Ella efectivamente había pasado de sentirse perro a sentirse objeto. A ser cosa. ¿No había, después de todo, cedido su personalidad al firmar el contrato laboral? ¿No era lógico ese abandono en un contexto empresarial? ¿No era ella una nadie, un número, un recurso de un proceso de trabajo? Ya que esto sucedía en todos los casos y era inevitable, ¿por qué no disfrutar mientras tanto?

Su compañero dejó todo el fluido dentro de ella y se fue, como quien ha tirado la basura a un contenedor hediondo. María cayó boca abajo, extenuada. La luz desapareció.

—Ahora, vuelve por el pasillo.

Y María, sin apenas poder andar, fue cojeando por el pasillo oscuro, ahora frío y seco en comparación a la lava volcánica anterior, hasta que palpó la puerta, que conducía de nuevo a la habitación donde dejó su ropa. Ahí seguía, igual de doblada, de los tiempos en que ella era tímida y temía que alguien pudiera verla. Encima de su chaqueta, había una tarjeta.

«Enhorabuena, ninfa blanca», rezaba. Mientras se vestía, pensaba en cuántos niveles le quedarían hasta poder volver a sentir a su compañero dentro de ella.

Definitivamente, mejor eso que quedarse en su casa en pijama actualizando el Facebook.

Sandra Monteverde - 2013

España / Uruguay

Siempre me gustó escribir, pero recién me he animado este año a presentarme en concursos literarios.

Mar o Montaña fue galardonado en abril, con el primer premio en el Concurso de Microrrelatos de las Bibliotecas de San Javier.

Cautiva quedó finalista en el concurso de Microrrelatos de la *Revista Salitre*.

Devaneo de can a can integrará la antología *Porciones del alma*.

El nombre fue seleccionado para publicación en el Concurso de Microrrelatos de cine "Arvikis-Dragonfly".

Menú Gourmet fue finalista de los premios Fimba.

Piernas muy largas fue seleccionado para publicación en la Antología del cuento 2013 de Ediciones Alternativas.

Conato de fuga ganó el concurso de Microrrelatos de Radio Castellón en la semana del 12 al 16 de agosto

Recientemente he obtenido el primer premio en el rubro "relatos de viajes" en la revista digital *Desdeahora*, en la que colaboraré durante los próximos 12 meses.

En el ámbito personal: tengo 45 años, nací en Montevideo, Uruguay, viví 5 años en Paraguay y hace 8 que resido en España.

Estoy casada, tengo una hija de 19 años y me encanta la lectura, la música y los animales. Laboralmente, pertenezco a la empresa más grande de España: el paro.

La imaginación al poder

Fue concebido tediosa y rutinariamente, en el transcurso de otro encuentro sexual insatisfactorio más, producto de la falta de educación y el diálogo, pues de aquellos temas no se hablaba, ni siquiera en pareja. Para su madre, que murió sin saber que existía el clítoris y mucho menos el orgasmo, era un martirio obligatorio; para su padre, un hombre bastante mayor que su mujer y tan o más obtuso que ella, una necesidad netamente biológica.

Llevaban más de veinticinco años de casados y habían desistido de tener hijos. A punto estaban ya de limitarse a mantener los contactos físicos a los mínimos necesarios e imprescindibles, y todos ellos fuera del lecho, cuando ella se embarazó. Fue una época difícil, pues era una mujer con poco espíritu maternal y el vástago venía a complicarle la existencia, justamente cuando ella ya no lo esperaba. El marido pasó de todo; eran cosas de mujeres que a él ni le interesaban ni le competían.

Al nacer, recibió como primer nombre, el de todos los primogénitos por parte de padre. Su madre en busca del segundo y a falta de imaginación, cogió un libro de la biblioteca: *Historia del Imperio Romano* y abriéndolo al azar encontró en el capítulo de las leyes antiguas un término que le gustó. El niño se llamó entonces: Adelfo Perduellio. Gracias a esta mala pasada del destino, el pobre cargó con un apelativo que era una mezcla de planta venenosa y juicio por alta traición.

Fue educado rígidamente, con todas y cada una de las estrecheces mentales de su madre, multiplicadas por los años de amargura y frustración y a ello sumado un carácter netamente avinagrado y autoritario. El producto fue un chaval tímido y apocado, con un puntillo de afeminación, que a su progenitora le horrorizaba y fascinaba a la vez. La imagen paterna brilló por su ausencia.

Al entrar en la escuela, descubrió que el mundo no se limitaba a sus padres; pero si pensaba que tendría más libertad, estaba muy equivocado. Jamás le permitieron salir a jugar a la calle o ir a casa de un compañero a hacer la tarea. Y que alguien traspasara las sacrosantas puertas de su hogar, era del todo impensable.

A mitad del tercer curso, su padre tuvo un infarto y se quedaron solos él y su madre. No la vio llorar, así que él tampoco derramó ni una lágrima por la pérdida, puesto que en realidad no la sentía como tal. La orgullosa mamá se jactaba de que su Addy se portaba como un hombrecito.

En el ámbito escolar, tenía excelentes notas y en ningún momento hacía nada que no se esperara de él. Nunca fue a un cumpleaños, a un campamento o a un partido de fútbol, así que se limitaba a leer todo cuanto caía en sus manos.

La biblioteca era enorme y su madre solo entraba ahí esporádicamente para limpiar, por lo que la tenía toda para él y constituía una válvula de escape a su tediosa realidad. Una tarde, explorando más a fondo, descubrió el tesoro de su padre detrás de los veinte tomos de un diccionario viejísimo, en un escondrijo hábilmente disimulado: una colección de revistas pornográficas y libros eróticos. Los encontró cuando todavía no era capaz de comprenderlos, pero llegó un momento en que los leía con asiduidad.

Cuando su madre descubrió que tenía poluciones nocturnas, por poco se muere. Se dedicó sistemáticamente a revisar todos los rincones de la gran casa en busca de material comprometedor para confiscar; algo había pervertido a su Addy y el mal debía ser exterminado de raíz. Pero jamás encontró el compartimento secreto detrás del diccionario y el secreto de los Adelfos continuó a salvo.

Desde su estrecha y puritana mentalidad, concibió un plan para alejar de su hijo del pecado de la lujuria: a partir de ese día y cada vez que viniera a cuento o no, peroraba acerca de los peligros de la masturbación: los pelos en las manos que sin duda lo delatarían, la posibilidad de quedarse ciego y la probabilidad casi segura de no poder tener hijos cuando se casara. El chico aborrecía esos sermones monotemáticos y repetitivos, pero su madre logró su objetivo.

Addy se aterrorizó. Fue tan grande su temor que decidió orinar sentado, con tal de no tener que tocarse 'ahí', como decía su madre. Llegó a tomarle una fobia tan grande a su propio pene, que cuando se duchaba, sufría por tener que limpiárselo… y eso que usaba indefectiblemente una esponja y unos guantes que él mismo se fabricaba con toallas viejas.

Lo que más lo turbaba a sus doce años, era que ese trozo de su anatomía parecía tener vida propia, se elevaba, se endurecía y soltaba un chorro de un líquido pegajoso, obviamente sin que él se tocara y a pesar del enorme empeño que ponía en ignorar el fastidioso hecho. Pero el asunto no tenía remedio; cuando menos lo esperaba, sucedía. Y lo peor era que la sensación le encantaba y eso lo confundía aún más.

Comenzó entonces a concentrarse día a día en domesticar a esa 'fiera' que habitaba en su interior. A los quince años se convirtió en un experto en el dominio de la erección y la eyaculación. Lograba masturbarse mentalmente, con mucha satisfacción, pero sin dejar de cumplir con los preceptos de su madre de no tocarse 'ahí'. Volvió a los secretos de su padre, tomando mil precauciones para que su mamá no se enterara de sus escarceos con el sexo, pues era incuestionable que no los comprendería. Ante la duda, no estaba dispuesto a arriesgarse.

Pasó su adolescencia entre libros de estudio y todo tipo de pornografía que coleccionaba ávidamente. Tenía muchos escondrijos por toda la casa, pues el de su padre pronto se le quedó pequeño. Su vastísima imaginación le ayudaba y su madre hacía tiempo que había desistido de buscar nada comprometedor, pues Addy ya no manchaba las sábanas y jamás hablaba de chicas, sino que se dedicaba al estudio y a la literatura, como el buen chico que ella educó. Decididamente era el hijo perfecto.

Mientras tanto, en la intimidad de su dormitorio, Adelfo tenía una vida sexual muy activa: pero solo en su mente. Se imaginaba todas las situaciones posibles. De esta manera hizo el amor con mujeres de todos los tipos, colores y edades. También probó con hombres, pero no le gustó. Le era imposible tocar un pene, ni el suyo ni el de otros, ni siquiera en sus más recónditas fantasías. Decidió, basándose en las fotos de las revistas, que le gustaban las chicas morenas, más bien rellenitas, de piernas largas y bien torneadas y con grandes pechos.

Se inventó una novia ideal y la bautizó Tinny. Se pasaba horas imaginándose rozar con sus dedos, centímetro a centímetro, toda su piel. Conocía de memoria su olor y su sabor y se deleitaba excitando con la lengua su clítoris y sus pezones. Disfrutaba más con las caricias que con la penetración en sí, así que concentró sus fantasías en lo que más le gustaba: la masturbación. Estaba seguro de ser un auténtico maestro en el tema.

Sabía exactamente cómo, dónde y cuánto había que acariciar, rozar, lamer, apretar y hasta morder, para producirle a Tinny unos orgasmos fabulosos. Podía pasarse horas con ella sin correrse, pues su autodominio era increíble. Cuando estimaba que la había dejado exhausta, eyaculaba y se iba a dormir feliz, absolutamente convencido de ser un excelente amante.

Terminó la universidad, obtuvo la licenciatura en Económicas con unas notas inmejorables y se dedicó a llevar la contabilidad de unas cuantas empresas. Trabajaba desde su casa, lo que hacía a su madre inmensamente feliz pues su chico no se contaminaría con malas amistades. Y Addy no precisaba nada más que su mente, donde había concebido un mundo paralelo. No necesitaba una 'vida social'; para qué complicarse la ídem, relacionándose con gente de 'afuera'.

A medida que transcurría el tiempo, sus contactos sexuales con Tinny fueron perdiendo la fogosidad de la adolescencia. Se tornaron más calmos y sosegados, lo que denotaba un profundo conocimiento el uno del otro. Lo importante era no caer en la rutina y que las relaciones resultaran satisfactorias para los dos en su utopía mental; y Adelfo conseguía ambos objetivos.

Pasó por un periodo de sadomasoquismo, más por curiosidad que por necesidad, pero decididamente no le complacía provocar dolor. Lo suyo era hacer gozar a Tinny hasta hacerla gritar. En el instante que cerraba la puerta de su alcoba y le insinuaba que se quitara la ropa, ella comenzaba a gemir y a retorcerse de placer y eso lo conmovía y excitaba a la vez. Sin dudas estaba enamorado de su particular ilusión.

Cuando cumplió los cuarenta, era un atractivo solterón, amable, callado y muy introvertido. Repentinamente murió su madre; él se limitó a enterrarla y a seguir con su vida. Una vez libre de la vigilancia materna, descubrió que desde los grandes ventanales de la casona, ocultos tras unas enormes cortinas pesadas y oscuras que por órdenes estrictas de la dueña de casa debían permanecer corridas, podía mirar sin ser visto a los vecinos del edificio que hacía poco habían construido en la manzana de enfrente. Como no tenía vida propia, se dedicó a espiar las ajenas.

Una noche observó en el primer piso a una mujer desnudándose. No pudo apartarse de la ventana, mientras la veía sacarse una a una todas las prendas, tumbarse en la cama, abrirse de piernas y comenzar a acariciarse, al tiempo que su cuerpo se contorsionaba lujuriosamente. Como era bastante miope, distinguía siluetas e imaginaba el resto. El resultado de su primer escarceo con el voyerismo fue un feroz orgasmo que le sorprendió, pues no pudo controlarlo por primera vez en años. Con las piernas temblándole, las mejillas tan arreboladas que parecía afiebrado y una serie de imágenes eróticas clavadas en la retina, se fue a acostar.

El día siguiente se lo pasó atisbando por la ventana a ver si lograba distinguir a la vecina. A la misma hora que la noche anterior, volvió a desnudarse muy despacio y a masturbarse para él. Porque en su ofuscada mente, estaba seguro que aquel espectáculo era únicamente para su propia complacencia. Había encontrado a su alma gemela.

Esa noche, parado frente al ventanal, penetró a Tinny con furor y la poseyó como nunca había hecho. No se molestó en preliminares y lo que menos le preocupó fue si ella habría gozado. Concluido el acto, le explicó que existía otra mujer en su vida y que lo suyo había terminado. Y así, sin más, la desterró de su mente.

A partir de ese momento, solo vivía para ver a la mujer dar el espectáculo nocturno que él esperaba ansiosamente y ella le brindaba con puntualidad. Durante veinte minutos exactos, se acariciaba para darle el placer que él le había proporcionado a Tinny durante tantos años y Adelfo se dejaba llevar por la excitación.

A tal punto de éxtasis llegó, que una noche sin darse cuenta, por primera vez en su vida se masturbó de verdad. Se cogió el falo con lujuria y sin poderse contener, gimió y hasta aulló de placer. Incluso ensució de semen las impolutas cortinas de su madre, sin sentir el más mínimo remordimiento.

Dos semanas después, tuvo que acudir al médico por un problema de acidez estomacal que lo estaba importunando. Esperaba su turno leyendo, cuando notó la llegada de otra paciente y en ella un movimiento familiar. Levantó la vista y se encontró a una mujer a quien no conocía, pero de quien no podía apartar sus ojos. *¿Sería posible que fuera ella?*, se preguntó incrédulo. Era inconcebible encontrarla en esas circunstancias, pero sí, era ella. Hay cosas que uno conoce de su amante y que nadie más puede percibir. Por eso la sensación de familiaridad que sintió cuando pasó a su lado y se sentó.

La observó discretamente: rellenita, cabello oscuro, hermosas piernas y un busto más que generoso. Claro, era exactamente como a él le gustaban. Casi podría decirse que se parecía a Tinny, si la hubiera dejado crecer, pero él nunca le había permitido pasar de los treinta. Esta mujer rondaría su misma edad, aunque se la veía cuidada y bien arreglada. Advirtió que no tenía anillo de casada; claro, era obvio, si vivía sola y se masturbaba para él. Al pensarlo sintió un tirón entre las piernas y tuvo que hacer acopio de concentración para no quedar en evidencia.

Eran los últimos que esperaban para entrar y estaba tan distraído por la presencia de la mujer, que no oyó el nombre del siguiente paciente. Ella se levantó y entró decididamente en la consulta. Se quedó solo en el pasillo de espera y descubrió, no sin cierta satisfacción, que el médico había olvidado cerrar el intercomunicador. Se dispuso entonces a oír los males de su amante:

—Buenos días, doctor. Lamento decírselo, pero su famosa solución no me está sirviendo de nada.

—¿Cómo que no? No puede ser. Le receté lo mejor que conozco para su mal, teniendo en cuenta sus numerosas alergias.

—Pues le aseguro que no funciona. Ya le dije que no es la primera ocasión que me pasa esto y la última vez estuve más de tres meses para remediarlo. Y ahora ya llevo veintinueve días de tratamiento y nada, no noto ni la más mínima mejoría. Pero ya sabe que lo peor es que este maldito 'inconveniente' perjudica mi trabajo. ¿Quién va a querer que lo atienda así?

—Pero dígame, ¿usted hizo exactamente lo que le recomendé? Mire que es fundamental seguir las indicaciones que le di paso a paso.

—Que sí doctor, que sí. Todas las noches me acuesto boca arriba con las piernas abiertas y me doy friegas con esa pomada

maloliente en el sentido de las agujas del reloj y durante exactamente 20 minutos. Si parece que me estuviera… bueno déjelo ahí,
usted me entiende. Le juro que estoy desesperada ¡Estas malditas
ladillas no se mueren con nada!

Samuel Chavarría García - 2013

México

Nació el 3 de octubre de 1986 en Chihuahua, México. Es egresado de la Facultad de Filosofía y Letras por la Universidad Autónoma de Chihuahua y posteriormente realizó un posgrado en Literatura Hispanoamericana en la Universidad de Guanajuato, que concluyó en la ciudad de Lisboa como becario de CONACyT (Consejo Nacional de Ciencia y Tecnología) en el año 2011.

Ha fungido como jurado calificador de numerosos certámenes de poética y creación literaria, área en la que destaca con publicaciones sobre crítica, análisis cultural y conferencias sobre literatura contemporánea. Luego de su formación académica se dedicó a la docencia y al desarrollo de videojuegos, tema al que dedica gran parte de sus investigaciones culturales.

La muñeca de mi hermana

Déjeme contarle algo sobre ser hombre.

En octubre de 1996 yo tenía nueve años y mi hermana cumplía doce. En la fiesta de cumpleaños, mi madre trajo a la sala un regalo colosal; venía en una caja que era exactamente de mi estatura forrada en un femenino rosa mexicano. Todos en la sala celebramos las dimensiones de semejante obsequio, y mi hermana se apresuró a desbaratar la envoltura y sacar de la caja el enorme regalo.

La Barbie tamaño metro.

El sonoro aplauso de todos los presentes (gracias) eclipsó el ruido que hacía yo con la boca mientras contemplaba con ojos abiertos la llegada de una mujer perfecta, engalanada por un vestido rojo que nos hipnotizaba; pero yo no le miraba el vestido, yo le miraba el escote pronunciado sobre el vestido que adornaba un cuello brillante, suave a la vista y coronado por una sonrisa inacabable, como aspiraban a ser las sonrisas de todos los demás. La Barbie Metro contemplaba la nada como el cachorro recién llegado que era, y eso me permitía, en complicidad con el ruido y las felicitaciones, ver de frente, exactamente de frente, la voluptuosidad de esos senos y de esa cadera delineada exactamente en donde yo necesitaba una cadera delineada.

Como venida de otro mundo, la muñeca y su escote descendieron de su nave espacial al centro de mi casa; sin dejar de sonreír, la mujercita apoyó los tacones en mi alfombra, se sostuvo ante mí sobre sus delicados tobillos que insinuaban unas suaves piernas perdidas detrás de la convención del vestido rojo, pero que regresaban a la vista en forma de senos de contorno, brazos descansando en el cierre de la cintura, un rostro alegre, como diciendo 'he llegado, aquí estoy para ti', sin dejar de sonreír.

La fiesta siguió su itinerario y Barbie Metro se quedó sola. Debíamos seguir el festejo de la casa: pastel, piñata, cena, dulces. Al caer la noche, mis tíos se llevaron todos los regalos al cuarto de la festejada y ya no vi más a la muñeca. Durante los días siguientes mi hermana la mantuvo en su habitación y nunca la sacó de ahí. El cuarto de mi hermana era otra caja que guardaba a Barbie y eso me parecía injusto; injusto para ella, injusto para mí que la amé el momento que pisó este planeta. Quería ver su sonrisa incansable y oler de cerca ese aroma a plástico y champú que invadía la casa cada vez que mi hermana abría su puerta. Estaba enamorado de esa figura delgada en el vestido largo, protegida por el cerrojo de la puerta y por el pudor que generaba en casa tener a una señorita bien formada, láctea, casi a mi estatura.

Me gustaban sus modales de piernas largas. La Barbie Metro no dejaría de ser feliz sin importar las ansias que yo tenga por traspasarla o los ojos con los que la mire. En ocasiones daba la impresión de disfrutar ser observada.

Pero aquella puerta estaba bien cerrada. Guardiana de la pureza del juguete, la puerta defendía a la muñeca de mis ojos que intentaban colarse cada vez que mi hermana salía o entraba a su cuarto, pero nada más. Barbie no estaba jamás a la vista de la puerta abierta, y la puerta cerraba de nuevo solo para burlarse de mi sangre contenida y mis manos vacías. *Mi hermana no la aprovecha, no la usa*, pensaba mirando al cerbero de madera. *Yo sí que la usaría, todos los días, la llenaría de mujer, la haría de carne. La usaría.* Y notaba que mi gesto era de rabia a sabiendas que la felicidad y mi deber como hombre estaba solamente cruzando esa puerta, debajo de una falda.

Quería con toda la fuerza tocar sus senos pronunciados que para ello eran, pero al mismo tiempo no deseaba romper la privacidad de mi hermana, ya no por el castigo de entrar en su cuarto, sino porque eso sí era repulsivo. «No tienes nada qué hacer en su cuarto», dirían nuestros padres; y yo diría: «Sí tengo; tengo que darle felicidad a esa muñeca, tengo que penetrarla y besar sus mejillas, tengo que desnudarla con la pasión que nadie más que yo ofrezco en esta casa. ¿O es que no se merece ella algo así? ¿Un pene como el mío, ansioso, tieso y limpio, todo para ella? Díganme, ¿qué carajos puede ofrecerle mi hermana a esa mujer mía? ¿Por qué no dejan que le descargue la hombría que mi cuerpo y su cuerpo necesitan tanto? ¡Véanla! ¡Vean a esa figura contenida de feminidad, paciente y virgen, que llegó sonriéndome a mí; a mí, que adoro sus manos delgadas, sus pechos circulares exactos en mi boca, su vientre pequeño igual que el mío!». Mis padres entonces, yo lo sabía, corregirían mi comportamiento inmoral a gritaderas, a *esonosehaces*, y mi hermana me cachetearía con desprecio, o peor, alejaría a esa novia caída de algún cielo y pondría dos guardianes más en la puerta porque su hermano es un pervertido que tiene ganas, muchas ganas, de cogerse a sus juguetes, pero yo apenas era un nuevo enamorado.

Desde luego, a mis nueve años no podría jamás plantearle a mi familia esos argumentos; esto que le digo puedo explicárselo ahora que recuerdo la piel tersa del juguete y aquel niño que sin saber por qué deseaba lamerle los pies delicados a esa mujer en la cama y que por alguna razón en mi cabeza parecía ser lo correcto. Y así como me nacía el ímpetu dominante del *¡cógetela, cógetela!*, también comprendía la fatalidad de ser sorprendido tocando a la muñeca de mi hermana.

¡Ah! Usted no sabe con qué apetito probaba tarjetas, alfileres y pinzas en aquella cerradura, y con cuánto desprecio miraba al resto de la familia estorbosa en esa casa donde Barbie hacía que mi envergadura me mordisqueara insoportablemente, gritando *¡cógetela, cógetela!*, y yo tenía que obedecer al único amor de mi vida.

Cuando por fin abrí la puerta, un domingo que encontré la casa vacía, recuerdo la tormenta perfumada que invadía el cuarto como un exceso fantasmal, un amor pequeño e imposible que recibía, por fin, al tesoro de la amada.

Barbie se encontraba ahí, de pie, complacida de al fin verme. Tenía sus hombros relajados y la sonrisa elegante; estaba lista para nuestra boda. Así que la tomé de la cintura y bailé con ella, guiando sus brazos a mi rostro, un momento nada más antes de hacer el amor, ahí mismo, ansiosos de calmar el temblor en el cuerpo.

Y la acosté en su cama, por la espalda abrí el zíper y la abracé fuerte, y en todo momento ella me sonreía. Me miraba con los ojos amorosos cuando le bajaba el escote y le lamía reacio los pechos. Yo ponía su mano en mi oído y ella acariciaba mi cabeza mientras le olía su cuello: aspiraba fuerte, muy fuerte, para que nunca se me fuera, y chupaba sus senos redondos, firmes como yo también estaba, y entonces besaba su sonrisa y otra vez bajaba para lamer sus secretos femeninos, y luego más adentro todavía, donde se encontraba su palpitación del sexo. Lamí de abajo a arriba, tres veces, cuatro veces, el sabor era ella; sus ojos satisfechos miraban el acto desde la almohada por detrás del inservible vestido. Su pelvis era cálida, pulcra, con un olor que me consumía y la consumía por igual.

Cuando acabé, cuando sentí que ya había sido absorbida la bestia de mi propia entrepierna y me vi de repente babeando en la cama de mi hermana, el perfume de Barbie se volvió más denso, cargado por el vestido desaliñado y la colcha desparramada. Barbie seguía sonriéndome, en complicidad tal vez, de haberme convertido en hombre, trasgresor y sodomita al mismo tiempo. Barbie Metro contenía en su plástico mis ansias, mi saliva, la violación a la intimidad de mi hermana quien de pronto apareció en mi mente, y la compadecía. Una vez completamente sobrio, alcé a la muñeca y reacomodé su vestido. La ubiqué en su lugar apurado, no por el regreso de mi familia sino porque en ese instante ya no sabía qué carajos tenía yo qué estar haciendo ahí, en el cuarto de mi hermana.

No regresé después con la Barbie Metro, eso se lo aseguro; mi hermana creció, la muñeca fue a dar a no sé dónde como era natural, y yo encontré otras formas de saciar el apetito. Esto lo comparto para que algún día, si pesca usted a su hijo en el cuarto de la hermana, piense en todo lo que el niño está pensando; piense en toda esa carga sexual que, si él pudiera, le explicaría toda esa travesía mental por la que está cruzando a sus nueve años.

Índice

www.ingramcontent.com/pod-product-compliance
Lightning Source LLC
Chambersburg PA
CBHW020109180626
46812CB00006B/2538